初音 心
Shin Hatsune
翔の大学の同級生。
引っ込み思案な性格を
変えるため、思い切っ
てアプリに登録した。
VOLUME. 2
マッチングアプリで
元恋人と再会した。
Reunited with my former lover on
a dating app
CONNECT

藤ヶ谷翔
Sho Fujigaya
“カケル”というユーザーネームでマッチングアプリ『コネクト』を始めた大学生。

「はい、お姉さん。飲めますか？」

倒れているお姉さんでも飲みやすいように、蓋を開けて手渡した。

「ん〜、ハイボールが良い〜」

「いい加減にしろ」

思わずツッコんでしまう。なんかこの人のために終バスを諦めたのが馬鹿馬鹿しく思えてしまった。

日和 楓
Fu Hiyori
翔にアプリで「いいね」を送ってきていた“カエデ”さん。駅前で酔っ払っているところを翔に助けられる。
「ありがとう、もう大丈夫」

高宮 光
Hikari Takamiya
翔とマッチングアプリで【相性98%】だった"アカリ"さん。実は翔の元カノで——!?
「ん〜っ！
ほんっっっとに心ちゃん天才！
三ツ星だよ〜っ！」

「お口に合えばいいんですが……」
一ノ瀬 縁司
翔の親友。楓とは過去に関わりがあるらしく……？

「カラオケ久しぶりだ〜！　何歌おうかな〜」
「しゅっぱーつ‼」

「海見てたら、
自分ってちっぽけだな～って思わない？」

Contents

CONNECT

Reunited with my former lover on a dating app

illustration: 秋乃える
design work: 杉山絵

マッチングアプリで元恋人と再会した。2

ナナシまる

角川スニーカー文庫

23438

プロローグ　マッチングアプリでエロいお姉さんとマッチングした。

『見てよこれ、翔《しょう》にそっくりじゃない？』

ベッドに寝そべりながらそんなメッセージに添えられた画像を見ると、カメラ目線の太々《ふてぶて》しい顔をした猫が腹を空に向けて路上で寝そべっている。

これのどの辺りが俺にそっくりなのか、どうもバカにされているようだ。

送り主は別れて一年間音沙汰のなかった元恋人、高宮光《たかみやひかり》。

一週間前、縁司《えんじ》の計らいで俺たちの間にあった溝が、少しは埋まった……と思う。

そもそも俺たちは一年間、会うこともなかったし、今みたいに連絡を取り合うこともなかった。

それからこんなウザいＬＩＮＥを送ってくるくらいの関係になった発端は、縁司の勧めで始めたマッチングアプリのコネクトで、偶然にも再会したことだ。

それから何度か会うようになって、あの日、俺たちの関係が明らかに変化した。

別れた時に言ってしまった、思ってもいない酷《ひど》い言葉。それをきちんと謝れたのが、この変化に大きく影響しているのは間違いない。

それも、俺たちの関係修復に尽力してくれた縁司のおかげ。

あれから光とはこうして下らない内容でもＬＩＮＥをするようになった。とは言っても光から来るＬＩＮＥは大概が俺を罵倒するような内容だが……。

その中でも猫に似ている、と今回の内容は比較的優しい。

『確かに。俺も癒《いや》し系《けい》だからな』

『は？　どこが癒し系なの？』

『でもこれ、光にも似てないか？　腹減って機嫌悪い時こんな顔してるぞ』

『目付き悪いしぐうたらなところが翔に似てるでしょ』

『まあ猫は可愛《かわい》いし、それでいいよ』

『でも猫は存在してるだけで癒しだけど、翔は存在がムカつく』

『そんなムカつく奴《やつ》を一度は選んだのはどこのどいつだよ』

『人生の汚点としか言えないわ、反省』

『流石《さすが》に汚点は言い過ぎじゃないですか？』

比較的優しい。というさっきの言葉は撤回しておく。

以前と比べると、少しは打ち解けたように思える今の関係。

でも、本当はそうでもない。

再会してからは犬猿の仲という表現がピッタリな顔を合わせれば口喧嘩《くちげんか》の俺たちだった。

今もこうして口喧嘩のようなことはしているが、正直、ＬＩＮＥが来る度にあの日のことを思い出して恥ずかしくなる。

それが気まずさを生んでいる。

――アンタは私のどこが好きだった？

普段ならテキトーに濁してお終《しま》いだったろうに、夜だったし、縁司の計画に踊らされていてどうかしていたんだ。

――下手くそなくせに俺のために料理頑張るところとか。

いつも朝早くにお弁当を作ってくれた。

――何食べても美味《おい》しそうにするところとか。

そんな嬉《うれ》しそうな顔を見るのが、毎日楽しみだった。

――笑う時両手で口元覆うところとか。

そんな小さな仕草なのに、一年経《た》ってもずっと憶《おぼ》えていて。

――階段降りる時最後の二段だけジャンプするところとか――。

自分で言ったことを思い返す度に顔が熱くなる。なんであんなに恥ずかしいことを言ってしまったんだろう。

画面の向こう側であの時の俺を思い出して、光のヤツ嗤《わら》っていないだろうか？

まだ、未練はある。

でも、これが好きという気持ちだと確信できていない。

好きだからまた疎遠になりたくない、好きだから誰かに取られたくない、そうなら単純でいい。

実際はもっと複雑で、仮に復縁したとして上手《うま》くやっていけるのか、また些細《ささい》な喧嘩で別れ話になったりするんじゃないか、そもそも光は俺のことをどう思っているのか、考えればキリがないほどに悩みのタネはある。

光だけじゃない。

友人を選ぶ時だって、いつからか打算的に考えるようになっていった。

これが、大人になるってことなのかもしれない。

現状、自分でも自分の気持ちがわからない。だから、余計に意識してしまって気まずいんだ。

それに、気まずい人はもう一人いる。

――私が、忘れさせてあげます。

あの、引っ込み思案で人見知りでサ行が苦手なココロさんが、あんなことを、あんな赤面しながらも堂々とした表情で言うなんて思わなかった。

ＬＩＮＥ越しではあったものの、正直あれは、グッときた。

ココロさんが一体どういうつもりで言ったのかわからない。

——誠実なカケルさんだから、そうやって本気で悩めるんです。私はカケルさんのそんなところに惹《ひ》かれてます。

そんな前置きがなければ、こんなに心を揺らされることはなかっただろうか。いいや、そんなこともないだろう。

あの前置きがなくても、きっと今みたいに光に加えてココロさんも俺の頭を悩ませていたと思う。

あの時の言葉は普通に聞けば、『私が（新しい恋愛相手として）、忘れさせてあげます』だと誰もが思うに決まっている。その想定だと、あの時のココロさんは俺に恋愛の宣戦布告をしたことになる。

でも、ココロさんの性格を考えれば、そんなに大胆なことを言えるだろうかという疑問も生じる。

よって、次の説が有力候補となる。

その説は、『私が（友人として）、忘れさせてあげます』のパターン。

残念な話だが、ココロさんなら後者の説の方が大いにあり得る。

前者が合っているとして、ココロさんがそんなことを俺が目の前にいる状態で言えるとは思えない。

「あ――」

仰向《あおむ》けになって見上げていたスマホをベッドに叩《たた》きつけるように置いた。

ベッドの反発と同時にスマホが振動して、ＬＩＮＥの途中だった光からか、と置いたばかりのスマホをまた眼前に持ってくる。

『カエデさんから「いいね」がきました』

青緑っぽい色のアプリアイコンからの通知だった。

最近はめっきり使うこともなくなっていたマッチングアプリ、コネクト。

つい先週辺り、アプリ内イベントの事前告知で通知がきていて少し覗《のぞ》いてみると、入会してから一か月が経っていた。俺は一か月分の会費しか払っていなかったからもう使えないんだろうと思っていたのだが、自動的に更新されるみたいでまた一か月分の会費が引き落とされていた。

設定で自動更新を拒否しない限り続くみたいだ。

今は使っていないのに勿体《もったい》ない。

勿体ないついでに、たった今珍しくもオムライスアイコンの俺にいいねを送ってくれた物好きなカエデさんのプロフィールを見てみることにした。

相性は七八パーセント。

光は九八パーセントで、ココロさんは九二パーセントだったから、かなり低く感じる。

……が、そもそも九〇パーセントを超えることがかなり珍しい。

今のところ光とココロさん以外に九〇パーセントを超えた人を見たことがないくらいだ。

それだけ少ない。

いくらか女性のプロフィールを見たが、大体の人が八〇パーセント前後だった。

カエデさんも別に低いというわけではないのだ。

プロフィールのメイン写真は微笑《ほほえ》んでいる上半身までが映っている写真だった。

正直、最初マッチングアプリにはそんなに見た目が可愛くない、リアルで恋愛とは無縁な感じの女性が沢山いると想像していた。

でも、光も、ココロさんも、そしてカエデさんも、……可愛い。

カエデさんの容姿は、光やココロさんとは、また違った魅力のある女性だった。

なんというか、大人っぽいというか、色気が凄《すご》いというか、なにより上半身まで映っている写真の、胸。

胸の谷間の部分だけぽっかり空いた服。

その穴から見えている二つの山。

こんなの、ヤリモクが集まりそうだけど……。そんなヤリモクホイホイのカエデさんは、意外にも俺と同い年の二十歳《はたち》。住んでいる場所も同じ神戸《こうべ》市。

学生で、趣味は犬カフェに行くことらしい。

是非ウチの縁司を可愛がってやってほしい。

カエデさんの好きなものは、犬とお酒と可愛い男性。と、書いているが可愛い男性ってなんだよ。プロフィールには普通書かなくないか。

せっかく自動更新で四〇〇〇円も払ってしまっているんだ。せっかくきたいいねだし、返しておくか。

決して胸の穴に誘われたわけではない。

つーかこの服最近よく見かけるけど、一時期流行《はや》った童貞を殺すセーターくらいの殺傷力あるだろ。

どうして女の子は平然と着れるんだろう。

『カエデさんとマッチングしました』

マッチングして一通目のメッセージだが、今の複雑な状態の頭で考えるには少し時間がかかりそうだった。

数分天井を仰ぎながら考えてみたが、なかなか思いつかない。

「トイレットペーパー……」

一通目のメッセージではなくて、そろそろなくなりそうなトイレットペーパーの存在を思い出す。

メッセージは一時間以内に送ることで返信率が上がるというデータがあるらしく、送っていないとコネクトから通知が来る。

でも今は思いつかないし、とりあえずトイレットペーパーを買うためにベッドから身を起こした。

四月になって、かなり温かくなった。

軽く買い物するだけだし、今着ている白のティーシャツの上からグレーのパーカーを羽織って、部屋着の短パンから黒のスラックスに穿《は》き替えた。最後に靴下を履いて、玄関で白いスニーカーを履けば……。

「行くか」

近所の薬局に行こうと思っていたが、どうしてもマクドナリドのポテトが食べたくなって、最寄り駅まで行くことにした。

今日は休日、一日中光とココロさんのことで頭を抱えていて、着いた時には夜の九時を過ぎていた。

閉まってしまう前に薬局でトイレットペーパーを買って、マクドナリドで念願のポテトを食べた。

もう思い残すことはない、帰ろう。

結局一日を無駄にしてしまった。

今日あったことを説明しろと言われれば、「トイレットペーパーを買った」としか言えない。

帰ろうと駅のバス停に向かう時、駅前で道に倒れているお姉さん、そしてそのお姉さんの隣で腰を下ろしているスーツ姿のおじさん。

知り合いだろうか、もう夜の一〇時過ぎだし、飲み会の帰りとか……？

「一〇時……？　やばっ」

ある程度交通手段の豊富な神戸市だが、その中ではあまり栄えていない場所に住んでいるものだから、終バスが結構早い。

酔いつぶれているお姉さんは上司っぽいあのおじさんに任せておけばいい。俺はそんな心配をしている余裕はない。

すっかり失念していた。

これも全部光とココロさんのことで頭がいっぱいだったからだ。

終バスを逃せば駅から徒歩二〇分のアパートまで歩くことになってしまう。

帰れない距離ではないが、できればバスがいい。

走れば、間に合――。

バス停に向かおうと走り出した俺は、さっきのお姉さんとおじさんの前を通った。

その一瞬で、視界の端に映った光景に、俺の足は止まってしまう。

おじさんの手が、お姉さんのお尻に、というかもうスカートの中に入っている。これはたとえ上司だったとしても、アウトだろう。

でも、もし恋人関係だったら？

考えにくいが、絶対ないとは言い切れない。仮に恋人関係だったとして、酔いつぶれた彼女を介抱するより先に普通尻触るか？

いや、普通ないだろ。外だし。

バス停はもう見える位置にあって、そこには今ちょうどバスが着いていた。今なら間に合う。

でも、行けない。放っておけない。

別に慈善活動のつもりなどない。ただ、このまま放って帰れば俺の夢見が悪いし。

「おい姉ちゃん、なんでこんなところで寝てんだよ。迎えに来たから起きろよ！」

できる限り自然に、大きな声で周囲の注目を集める。

幸いなことに、近くに交番もある。もしもの時はお巡りさんに頼ればいい。

「んっ……」

お姉さんは苦しそうな顔で目を擦《こす》り、傍《そば》にしゃがんだ俺の袖を摑《つか》んだ。

隣にいたおじさんは、驚いた顔で俺のことを見てから、急いで立ち去っていく。

よかった。

これでもう安心だ。

あとはこのお姉さんを安全な場所まで連れていくか、しっかり目を覚ますまで待つ。このどちらかだ。

「あの……、君誰？　私、弟なんていないよ」

虚《うつ》ろな目をしたお姉さんが、いつの間にか俺の膝にしがみ付いていた。

頬《ほお》は赤くて、体温も高い。

そして、酒臭い。

「さっきあの向こうで走ってるおじさんが寝ているあなたの体、触ろうとしてたんで。ごめんなさい、咄嗟《とっさ》に」

「そうなんだ〜、ありがと〜。……うっ」

「うっ……？」

距離感がどうかしているのか、お姉さんは俺の膝を抱き枕のように抱えている。その体温がスラックス越しに伝わってくるが、今はそんなこと気にならないくらいに「うっ」の続きが嫌な予感しかしなくて。

「おっ、おっ、おっ」

やっぱり、その通りだった。

お姉さんは口を押さえ、顔色を一気に悪くして。

「ちょちょちょ、ちょっと待ってお姉さん！　水！　水買ってくるから！」

急いで近くのコンビニで水とスポーツドリンクを買って、お姉さんのところへと全力ダッシュ。

スポーツドリンクの方が水よりも早く水分を吸収できるらしいとテレビで見たことがあったから、一応。

「はい、お姉さん。飲めますか？」

倒れているお姉さんでも飲みやすいように、蓋を開けて手渡した。

「ん〜、ハイボールが良い〜」

「いい加減にしろ」

思わずツッコんでしまう。なんかこの人のために終バスを諦めたのが馬鹿馬鹿しく思えてしまった。

お姉さんは柱を背もたれに、ぐったりしながらスポーツドリンクを飲み始めた。

その時に、妙な既視感を覚えた。

どこかで、見たことがある。このお姉さん。

——コネクトのカエデさんですか？

ウルフカットのチャラいお兄さんに声をかけられていた。

そうだ、あれは俺と光が再会した日。

光を待っている間、駅で他の男女がコネクトで出会う瞬間を見た。あの時にいたのが、このお姉さん。——カエデ……？

もしかして、そう思って、自分のスマホからまだ送っていなかった一通目のメッセージを送る。

この際内容はなんだっていい。

『こんばんは』

そのメッセージを送ると同時に、お姉さんの近くに落ちていたスマホが鳴った。そこには、コネクトのアイコンで『こんばんは』というメッセージが表示されている。送り主の名前は、カケル。

間違いない。

この人は俺が今日マッチングしたカエデさんで、光と再会した時にいたお姉さんでもあって、そして、会う約束をしたわけでもないのにこうして出会ってしまった。

まさかこんな奇跡的な出会いが三回も起こるなんて思わなかった。

一年間会っていなかった元カノ、同じ大学で偶然隣の席に座ったマドンナ、そして、以前見かけたことのある駅でぶっ倒れている酔っ払い。最後だけなんだかなぁという感じではあるが。

「ありがとう、もう大丈夫」

お姉さんは深呼吸をしつつ、周囲を見回して状況の確認をして、自身のスマホに手を伸ばした。

「助けてもらったお礼に、ご馳走《ちそう》するから今から飲みにいかない？」

「アホか」

思わず失礼ながらもタメ口＋頭頂部チョップをかましてしまった。

お姉さんは「ふうっ」と言って頭を押さえている。

「今飲みすぎて知らないおじさんに触られようとしてたんですよ、もっと用心してください。女の子なんだから、自分大切にしなきゃダメですよ」

「ふーん、カッコイイ〜。そんなカッコイイ人と飲みに行きたいな〜、なんて……」

「テメェ聞いてんのか」

「すみません」

「とりあえず、一人で家帰れますか？」

「うーん、もうバスないよね。仕方ない、歩くのは多分無理そうだから、タクシー使う。だから大丈夫だよ。心配してくれてありがとねっ」

そう言って笑顔を向けるお姉さん——カエデさんは、コネクトのプロフィール写真にもなっていた胸の辺りがぽっかり空いた服を着ている。

そしてその状態でそんなに前屈《まえかが》みになられると……。

「いや、あのまま見過ごすのは夢見が悪いので……」

直視するとタってしまってタてなくなる可能性もあるので、すぐに目を逸《そ》らした。

「ほんとにお礼したいから、連絡先くらいは教えてほしいな〜」

そんなことをしなくても、もう既に連絡方法ならある。俺はその方法を提示するために、コネクトを開いてカエデさんに見せた。

「これ、多分お姉さんですよね」

「あれっ、これ君？　凄《すご》いね、運命みたい。オムライスみたいで面白い顔だな〜って思ったんだけど、実際の方がカッコイイね？」

この程度の運命なら三度目なんですけどね。

どうやらオムライスを顔だと認識したらしい。

いいねが来たタイミングは既に夜だったから、その時にはもう出来上がっていたのだろう。

オムライスを顔だと認識してしまうほどには。

「カケルくんっていうんだね。あっ、同い年だ〜。カケルくんもタメ口で話そうよ。仲良くなりたいな〜」

縁司みたいなことを言う人だ。

でも、同い年なら、しかも相手の了承も得ているなら、敬語で話す必要もないか。

「わかった。じゃあそうする」

「きちんと帰れたらメッセージでお伝えしますっ！」

カエデさんは敬礼のポーズをしているがふらふらだ。

本当に大丈夫か。

「じゃあ、俺も帰るから」

「うんっ、ありがとうねっ、また本当にご馳走させて！」

「うん、じゃあ」

そうは言ったが、やっぱりまだふらふらのカエデさんが心配で、タクシーが来るまで少し離れた場所から見守っていた。

途中何度かバスの時刻表に話しかけたり、一般車をタクシーと間違えて乗り込もうとしたりしてヒヤヒヤしたが、なんとか最後にはタクシーに乗って帰っていった。

無事に目的地を言えただろうか。

やはり最後まで送るべきだったかもしれない、でも俺がそこまでするのはなにか違う気もする……。

なんて考えている間は、光とココロさんのことは頭のほんの片隅に追いやれて、少しは気が紛れた。

また明日から学校が始まる。

昼になれば、ココロさんが食堂で俺を待っているだろう。

まだあの時の言葉の意味がはっきりしていないし、ちょっと気まずいけど、行かなきゃならない。

別に嫌なわけではない。

ただ、少し照れるだけだ。

一話　ドキドキしているから恋だとは限らない。

眠い、できることならずっと寝ていたい。

寝ている間は何も考えずに済むし、腹も減らない。とはいいつつも、午前の授業からきちんと出た。

いつもならうとうとしながら授業を受けるものだが、今日ばかりは違った。今日ばかりというか、ここ最近はずっとこの調子だ。

昼食の時間が近づけば近づくほどに朝から引っ張ってきた眠気は遠のいていく。だからといって授業に凄く身が入っているというわけではない。むしろ眠い眠いと心の中で文句を言っている時の方が集中できているだろう。

それも全て、昼食の時間が原因だ。

ココロさんと会う、そう考える度にあの時の言葉と表情がフラッシュバックする。

耳にはＬＩＮＥの通知音が届く。

でもそれは今来たものではなくて、あの時の、思い出し音だ。

なんだよ思い出し音って。

こんなに毎日ドキドキしていると、そのうち授業の内容が全くわからない、テストで酷《ひど》い点を取って単位を落とす、なんてことにもなりかねない。

早々に対処しなければならない。

それはわかっているが、その方法がわからない。

いや、本当はわかっているんだ。手っ取り早く、確実にあの時の言葉の真意を確かめる方法。

そんなの簡単だ。

本人に聞けばいい。

それで全部解決だ。

食堂に向かって歩を進めるが、その足取りはかなり遅い。

次々と他の生徒に追い抜かれていくが、それでも早く歩こうとは思わなかった。

だって、早く歩けば早く食堂に着いてしまう。

そうなればココロさんが待っていて、ドキドキする時間が増える。

本人に聞けばいい、その結論はあの言葉を受け取った日、家に帰ってからすぐに出た。

でもあれから一週間、ココロさんとは四日間も一緒に昼食を食べるタイミングがあったにも拘《かかわ》らず、未《いま》だに聞けていない。

だって、恥ずかしいし……。

あの言葉って、もしかして俺のこと好きってことですか？　なんてキモイし、あの言葉って、友達としてですか？　だとそんなの確認しなくてもそうに決まってるじゃんとか思われたら大恥だ。

じゃあなんて聞けば……とか考えているうちに、食堂に着いてしまう。

中を覗《のぞ》けば、沢山の生徒で賑《にぎ》わっているのにも拘らず、一か所だけ異様に開けた場所があって。

あまりにも違和感のあるその場所に自然と視線が向いて、その中心に居る天使と目が合った。

俺を見つけて少し赤くなりながら小さく手を振っている。

最初は手を振ることもできずに、手のひらを見せるだけだったのに、……可愛《かわい》い。

ココロさんのところに行く前に、オムライスを入手した。

「こんにちは、ココロさん」

「こんにちは、カケルさん」

お決まりの挨拶をして、正面に座る。

座る位置だが、なにしろ騒がしい食堂なので対面で座ると机分の距離が開いて声が聞き取りにくい時が多々ある。それにココロさんは声が小さいから、正面より隣に座ることが多かった。

でも、あれからはどうも意識して対面を選んでしまっている。

対面だと話すのに苦労するから、そもそも口数が減る。

食べ終わってからは前までならよく話していたが、今はその時ですら会話は少ない。

俺は、あの時の言葉をかなり意識してしまっているようだ。

対するココロさんは、あれから特に大きな変化はない。いつも通り、挙動不審な動きと視線。

特に変化がないということは、やはり「私が（友達として）、忘れさせてあげます」の意味だったということだろうか。

なら、あの言葉の真意をわざわざ聞かなくていいだろう。

聞いたって、「別に私は変な意味を込めたつもりはありませんよ？　気持ち悪いですね……」とか言われちゃうかもだし。

ココロさんはそんなこと絶対言わないだろうけど。

多分、笑ってくれる。嗤《わら》う、ではなく、笑う。微笑《ほほえ》むでも合ってる。

光《ひかり》なら嗤うだろうが。

悶々《もんもん》と悩んでいると、先に食べ終わったココロさんが丁寧に口元を拭ってから、俺の目を見た。

え、なに。なんで見るの。何か顔に付いてますか。いやいっそ何か付いててくれ。じゃなきゃ他に何かある間と視線だから。

「カケルさん、私のこと嫌いになっちゃいましたか？」

少し、悲しそうな、でもその感情を必死に押し殺しているように見える目で、震える唇で、思いもしない言葉を投げかけてくる。

「ぇあっ？」

全く予想もしていなかった言葉に、変な声が出てしまう。

ぇあってなんだよ。

口も開いたままになってしまっている。気付いてから、急いでその口を閉じた。

その流れで口の中にあったオムライスの味を喉奥へと流し込む。

「だって、最近ちょっと、距離を感じるというか……、その、お隣に座らなくなりましたし……」

ああ、そうか。

そう思わせてしまうのも仕方ない。実際、以前より距離がある。

理由はココロさんが想像しているものとは全く違う。

嫌いだから距離をおこう、そういうわけではない。ただ、照れ臭いから、逃げていた。

でもそれって、ココロさんからすれば、嫌われたと思うかもしれない。というか、そう思うだろう。

俺は自分のことばかりで、ココロさんの気持ちを考えてやれていなかった。最低だ。傷付けてしまった。

「ごめんなさい、そういうわけじゃないんです。たしかに、隣は避けてました。でもそれは、ココロさんのことが嫌いだからとか、そんな理由ではないんです。ただ……恥ずかしくて」

恥ずかしいと聞いただけで、あの宣言が原因だと察したのだろうココロさんが、頭を下げる。

「あんなこと言って、すみませんでした……」

「い、いや、そんな……！　ありがたいって、思ってましゅよ」

ヤバいヤバい、心臓が凄《すご》い音を立てている。ココロさんがまともに話せてるのに、俺がココロ語になってしまっている。

「私なんかが忘れさせるなんて、偉そうですよね……」

「そんなことないです。ココロさんは素敵な人です」

それは、はっきり言えた。

ココロさんは、自分を卑下しすぎている。

そんなココロさんに、ココロさんは凄いんだ、素敵なんだ、自信持っていいんだ、そうわかってもらいたくて。

「しょ、しょんな……！　はじゅかしぃ……！」

自分の真剣な顔での訴えを思い出して、今更恥ずかしくなってきた。

俺たちは二人して赤面して、また少し間を開けてからココロさんが話し始める。

「言いたくなかったら言わなくてもいいんですけど、……あの後、どうでした？」

あの後。その言葉の意味は、皆まで言わなくても伝わった。先週、いや、もう先々週になるのか。

光と最後に会ったのもあの日。

昼はココロさんと会っていた。でも、これから夕食というタイミングで縁司《えんじ》からのLINEが届いて、そして――。

申し訳ない気持ちでいっぱいだった。

その時は必死だったから今ほど罪悪感はなかったが、こうして改めて本人の口から言われると……。

「あの時は本当にごめんなさい。ココロさんを一人にしちゃって」

「いいえ、そのことはいいんです。私は、カケルさんが何かに悩んでいるなら力になりたいですから」

なんていい子なんだ……。

なんで俺こんな子と仲良くなれているんだろう。他の男から嫉妬されて、いつか命を狙われるかもしれない。

「元恋人さん……ですよね」

心臓が跳ねる。

元恋人というワードが、そうさせた。

ココロさんはそんなに鈍くないし、気付いているだろうとは思っていたけど。

「元々、アプリを始めたのもアイツを忘れるためでした。別れてから一年、ずっと忘れられなくて、それが、辛《つら》かったから」

「……」

ココロさんは無言のまま、ただじっと俺を見つめて聞いてくれる。俺はそんなまっすぐな目を見たり見なかったり、正直顔を背けたくなる。

自分の本心を話すということが、これまで生きてきて極端に少なかったから。

自分の素を出すというのが苦手なんだと思う。

恥ずかしいのだ。もしかしたら、本当の意味では俺もココロさんと同じくらい恥ずかしがり屋なのかもしれない。

でも、そんな俺が素で一緒に居られたのが、光だった。

縁司もそうだったが、俺にしては珍しく、長い時間を一緒に居ても然程《さほど》苦痛に感じない。

そしてそれは、ココロさんだって同じだ。

ココロさんには普段の俺とは違う態度で接している。

やわらかいというか、あたたかいというか、温厚。

ココロさんがそういう雰囲気だから、合わせるつもりでそんな風に接することを心がけている。

普段の、光や縁司と接している態度だと多分、言葉遣いだって少し悪いところがある俺だし、ココロさんは怯《おび》えてしまうだろうから。

だからといって、ココロさんと居ると落ち着くし、気を遣うこともない。

これも俺の素だ。

「でも、今は無理して忘れる必要はないのかなって。確かに一度別れてしまったけれど、理由は些細《ささい》なことでしたから。関係が完全に壊れたってわけではないんです」

「じゃあ、カケルさんは元恋人さんとやり直したいって、そう思うんですか？」

「それがまだ、わからないんです。忘れようとしていた時は、しんどかった。でも今は楽しいんです、毎日が。それはアイツだけが理由じゃなくて、友達だったり、ココロさんだったり、色々あって楽しいなって。アイツと今、もう一度付き合いたいとか、そうは思っていない気もして……。ただ、縁を切りたくはない、まだ一緒に居たいってだけで。その中で、自分の本心がわかればって」

俺らしくないなと感じる。

こんなに人に本音をぶちまけたことなんて全然ないから、歯止めが利かなくなりそうな気がして意識して口を閉じた。

「……今は元恋人さんへの気持ちがわからなくて、少なくとも離れたくはなくて、考える時間が欲しいってことですか？」

「そう、なりますね。別にアイツとそういう話をしたわけではなくて、俺が勝手にそう考えているだけなんですけど……」

「悩んでいる間、モヤモヤしたりしませんか？」

モヤモヤ、している。

次に光に会ったらどんな顔をしたらいいんだろう、どういう態度で接すればいいんだろう。

多分、これまでと変わらないだろうけど、やっぱり悩んでモヤモヤしている。

モヤモヤの原因は、ココロさんにもあるんだけど……。

「します、ね。……はい」

「私にとってカケルさんは、初めてできたおっ、お友達で、その……大切な存在なんでしゅ……」

おや……？　ココロさんの様子が……？　さっきまで普通に話せてたのに、急に顔が赤くなってきた。

それに『す』が『しゅ』になっている。

「ありがとう、ございます……」

「そんなカケルさんが、困っていたり苦しんでいたり、悩んでいるなら、力になりたい。私にできることなんて些細なことかもしれません。それでも、カケルさんには笑顔でいてほしい」

真《ま》っ直《す》ぐな目を向けられて、照れ臭い。でも、こうまで言ってくれるココロさんの思いから逃げるなんて不誠実だ。

しっかり、聞け。

ココロさんはまだ何かを言いたそうにしているから、その言葉を待とう。

スマホを見ながらでもない。目を見るのが恥ずかしいから視線を机の上にするのもダメだ。

ちゃんと目を見て、聞く。

「私がカケルさんの友人として、カケルさんが笑顔でいられるようにします。私じゃ、ダメですか……？」

首を傾《かし》げて、少し潤んだ目を向けられる。

これは、……可愛《かわい》い。

「ダメなんかじゃないです。ココロさんは、俺の数少ない気を許せる相手ですから」

「じゃあ、もう避けないでくださいね？」

「うっ、ごめんなさい……」

というか、あの宣言はやっぱり友達としてだったのか。

変に意識してダサいな、俺。

「じゃ、じゃあ、カケルさんを笑顔にしよう大作戦です！」

「大作戦……？」

言いながら、顔を真っ赤にしている。

ずっとスマホをちらちら確認していたココロさん。

もしかして上手《うま》く話せるように台本でも用意していたのかと思っていたが、どうやら違ったらしい。

そのスマホを、俺に向けて言った。

「今、キャンペーン中みたいなんです……！」

「キャンペーン……？」

画面には、コネクトのイベント情報が表示されていた。

ココロさんの手が震えすぎているせいで、上手く読めない。

画面上部にはテーマパークっぽい写真、その下には大きくデートスポット割引キャンペーン！　と銘打ってある。

そこまでは読めたが、その下からは文字が小さくて、震える画面では読めない。

「あっ、ごご、ごめんなさい！　私なんだか手が震えちゃって読めませんね！　しゅみません、読みます！」

「その前に一旦深呼吸しましょうか」

今日の朝までのことが嘘《うそ》のように、ココロさんとの気まずさはなくなっていった。

今はもう、いつもの調子だ。

ココロさんが焦って、俺が落ち着かせる。

そうだ。これがなんだか、心地いい。

「はい、いきますよ。吸ってー」

「はい……！　すぅ……」

「吸ってー、……吸ってー」

え、まだ吸うんですか⁉　みたいな目をしてこちらを見てくる。

「すぅ……すぅ……」

「ここまで来たら最後に……」

そう言うとココロさんは吸うことを止《や》めて、限界までため込んだ酸素を吐き出すため、呼吸を止めた。

「吸う‼」

「すっ、わふ――っ」

「あはははは、いっぱい吸えましたね」

「ちょっとカケルさん！　……ふふっ、あははっ」

そうだ、この感じ。

ココロさんとは、こうやって笑い合っているのがいい。

だって俺たちは、ただの友達なんだから。

そう、自分に言い聞かせている気がしてならなかった。

「つまり、コネクトでマッチングした人同士でこのデートスポットに行くと、料金が安くなるってことですか」

「はい！　証明は画面を少し見せるだけで簡単ですし、割引の額も凄《すご》いんです。よかったらカケルさんを楽しませるので、一緒にどうかなぁって……」

ココロさんらしくない、楽しませることを前提にした誘い。

よほど自信があるのか、それとも自分自身にプレッシャーをかけて士気を高めているのか。

ココロさんに言われてから自分のスマホでもコネクトを開いて見てみたが、割引の額が凄いなんてものじゃない。

場所によってはほぼタダだ。

デートスポット側は、コネクトからお金を貰《もら》っていて、コネクトはこれを広告に出して、会員数を増やしたい。と考えているのだろう。確かに需要があるし、考えた人は凄い。

「是非、行きましょう。これ凄いですね。ＵＳＧも対象って書いてますよ」

「そうなんです！　でも私、カケルさんが良ければ行きたいところがあって……」

「どこですか？」

「これ、なんですけど……やっぱり、ダメでしょうか？　男性はこういうところ、あんまり行きたがらないのかなって」

「そうなんですか？　俺は全然好きな方ですけど」

「本当ですか！　じゃあ、一緒に行きたいです！」

両手のひらを顔の前で合わせて、ぱぁっと明るい笑顔のココロさん。そんなに行きたかったのか。

いや、ココロさんなら、この場所に行きたいよりも少女漫画とかでもよくあるデートスポットで憧れていた。の可能性の方が高いかもしれない。

そうして俺たちは週末の土曜日、正午に現地集合の約束をした。

二話　動物に例える性格診断は結構当たる。

ＪＲ三ノ宮《さんのみや》駅から、一つ隣のＪＲ灘《なだ》駅へ。

灘駅から徒歩五分で着いたその場所は、カップル、家族連れ、小学生の遠足だろう集団、様々な人たちが入り口ゲートの前にいた。

ここは地元では誰もが来たことのある、プリンス動物園。

大体は小学校の時に遠足で訪れる。

神戸《こうべ》の小学校ならほとんどがそうじゃないだろうか。

地元の人間でここに来たことがないという人を俺は見たことがない。

という俺も最後に来たのは小学一年生の頃だったから、中がどうなっていたのかはほとんど憶《おぼ》えていない。

唯一憶えているのは、入り口ゲートを通ってすぐ左にフラミンゴが沢山いたことくらいだ。

ココロさんも、神戸で育ったみたいだけど、どうやらプリンス動物園には来たことがないようだった。

風邪で休んでいたのかもしれない。小学校が遠足にこの場所を選ばないより、風邪で休んで行けなかった可能性の方が高い。

それくらい、この動物園は神戸市民にとって聖地というか、サンクチュアリというか、なんかまあ、そんな感じの場所だ。

春になって暖かくなった。

今日はシンプルに少し身幅の大きい白ティーシャツを着てきた。左胸の辺りに目付きの悪い渋い黒猫のイラストが描いてある。

どこで買ったんだっけか。

そして王道、黒のスラックス。

白と黒の組み合わせは一番ハズレないし、白は清潔感を感じさせてくれるし、黒なんて嫌いな人いないだろ。

スタイル良く見えるし、なによりこの組み合わせだと何着ていこうとか悩まなくていいし楽だ。

「お待たせしました……！」

入り口ゲート前のガードレールに背中を預けてぼんやりと小学生を眺めていると……なんか不審者チックだが偶々《たまたま》視線の先に居たから見てただけだ。……小学生を眺めていると、背後から声が掛けられる。

「こんにちは。まだ五分前だから、間に合ってますよ」

「こんにちは……！　でもカケルさんを待たせてしまったので……。お誘いしたのは私なのに、お待たせしてしゅみません……！」

俺の後ろ姿を見て走って来たのだろうココロさんは、息を切らしながら頭を下げる。

グレーの長袖ワンピース。ココロさんに良く似合っている。

腰の高さだろう場所はベルトで絞られていて、ココロさんの細い腰の形がわかる。

黒のローファーから頭を出しているレースの靴下も、ココロさんらしくて可愛《かわい》い。

「いえ、本当に俺も今来たばかりですから。ほら、呼吸整えてください」

「ひゃいっ……！」

毎度のことだが、ココロさんは俺が今来たばかりと言うと嬉《うれ》しそうに微笑《ほほえ》む。

これはデートの定番台詞《ぜりふ》だからココロさんは好きらしいが、毎度そう反応されると恥ずかしい。

かと言って「遅い、三分と一〇秒の遅刻です」というのもキモイ。実際に体感三分くらいしか待っていないし、大したことではない。

ココロさんが呼吸を整えている間に、近くにあった自動販売機で水を買う。

「どうぞ」

「あ、ありがとうございます」

水を飲んだココロさんは落ち着いたようで、二人でチケットを買いに並んだ。

こういうのは男が払った方がいいよな……？　コネクトの割引で半額になっていたし、二人分払っても一人分しかかからない。ココロさんはバイトもしていないみたいだから、払っておこう。

お互いのスマホで、コネクトでマッチングしたという証拠を見せる。

そして料金を払ってから、チケットを持って入り口ゲートに並んだ。小学生の団体が居て、少し時間がかかっているようだ。

「あの、カケルさん、これ」

「えっ？」

ココロさんは俺の手の中に何かを入れてきた。俺が受け取らないと思ったのか、ココロさんらしくない少し強引な力で。

手の中にはさっき俺が支払ったチケット代、そのココロさんの分があって。

「平等、ですよね？　あれ、私嬉しかったんですよ？」

「あー、でも半額だったし、いいんですけどね」

「ダメです。私はカケルさんと平等でいたいんです」

「わかりました。じゃあ受け取っておきます。でも、お会計の時に何も言わないからそれで良かったのかと思ってました」

チケットを買う時は、隣にココロさんも居た。

ココロさんは財布を出して、中からお金を出すより先に俺が二人分の料金を出してしまったから、ココロさんは財布をしまった。それにその時、ありがとうございます、って言ったから……。

「お会計の時は男の人を立てて、その後にきちんとお返しするのがデキる女の作法ですから」

えっへん。みたいな顔でどこで学んできたのかわからない作法を説明してくれる。

でも、たしかに男は見栄《みえ》を張りたい生き物だから、それがデキる女って感じがする。

それにしてもデキる女と思ってもらいたくてえっへんしているココロさん、可愛いな。撫《な》でたい。

「どこでその情報調べたんですか？」

「ＳＮＳで偶然見つけて……」

「ネットは全部が本当ってわけじゃないから、鵜呑《うの》みにしない方がいいですよ。お会計の件はデキる女って感じしましたけど」

「えっ、じゃあ初デートで露出多めの服を着ていくと男性が喜ぶというのは……？」

事実です。

なんて言うわけにはいかない。ココロさんは変に天然なところがあるから、真に受けてしまう。

「その、あれです。あー……、多分やめた方がいいかな？」

よく言った俺。

露出多めのココロさんが脳内で霧散したが、これでいいんだ。

これで、……いいんだ。

数分入り口ゲートの列に並んでようやく入園すると、記憶通り左手にフラミンゴがいた。

一匹や二匹じゃない。数十匹。

一面ピンク。

鳴き声がグググーだかブブブーだか、人間の言葉では表せない音だ。正面にもクジャクなど、鳥類が多く飼育されている。

「知ってますか？　ペンギンも鳥なんですよ」

またえっへん顔で知識を披露するココロさん。

　でも、知っていた。

「ペンギンは漢字で書くと人鳥なんですよ」

「うっ、それは知りませんでした……」

「俺の勝ち、ですね」

　そう言うと「うぅ……」と唸《うな》り、スマホで何かを読んでいるココロさん。横目で少し見えてしまったが、どうやらメモらしい。

「今日のために沢山調べてきたんですけど、動物園初心者にはまだわからないことだらけです……」

　動物園初心者とか初めて聞いたな。

「私、占いとか性格診断結構好きなんですけど、動物系占いって知ってますか？」

「どんなやつですか？」

「えっと、犬系男子とか、猫系女子とか、占いというかは性格の傾向？　みたいなものを表すものなんですけど」

「あー、他にも色々ありますよね。ペンギンも」

「そうなんです！」

　フラミンゴの前で嬉しそうに動物性格診断のテストの画面を俺に向ける。

「後で一緒にやりませんか？　昨日調べてたら見つけて、カケルさんの結果も気になって……」

本当に楽しそうにするココロさんは、昨日の深夜二時に「明日が楽しみで眠れません！　遅刻しないように気を付けます、おやすみなさい」とＬＩＮＥを送ってきていた。

俺がそれを見たのは起きてからだが、あれからちゃんと眠れたのだろうか。

「じゃあ、お昼ご飯の後にでもやりましょうか。休憩にもなりますし」

「はいっ！」

いい返事の後、嬉しそうにフラミンゴの写真を撮るココロさん。

フラミンゴだけで二十回くらいシャッター音が聞こえたけど、その調子だと充電切れちゃうんじゃ……？

鳥類ゾーンを通り過ぎると、緩やかな坂の先に円状の柵があって、その中にジャイアントパンダがいた。

流石《さすが》の人気で、老若男女問わずその周囲には沢山の来園者がいる。特に小学生が多いのは、遠足での来園者だろう。

「パンダ、見えませんね……」

俺には見えているが、ココロさんの身長だと見えないらしく、爪先立ちしながら首を伸ばして奮闘している。

「ココロさん、男性の後ろから背伸びするより、あっちの小学生の後ろに行きましょう。それなら見えるでしょ？」

「あっ、そうですね。流石カケルさんです」

多分俺じゃなくてもわかることだけど、褒められると嬉しいから内心えっへんしておいた。

「あのパンダ、なんだかカケルさんに似てませんか？」

そう言ってココロさんが指をさしたのは、端っこの方で笹《ささ》を持って仰向《あおむ》けに寝ているパンダ。

なぜか右脚だけ上げていて、ボーっとしている。

「えっと、どの辺が似てますか？」

「うーん、なんでしょう。オーラ？　雰囲気？」

「どっちも似たようなものじゃ？」

「眠そうにしているところとか！　目かな〜？　なんだか可愛いです」

俺そんなに眠そうにしてるのか。

でも縁司《えんじ》にも、光《ひかり》にだってよく言われるしそうなのかもしれない。

「そうだ、後でやる動物診断、何が出るか予想しませんか？」

「いいですね、じゃあ俺はココロさんのを」

「私はカケルさんのを！」

今日はいつもより、ココロさんのテンションが高い。

それに、恥ずかしがっていることより楽しそうに笑っていることの方が多い。俺に慣れてきてる証拠だろう。

この調子で人見知りを克服できたなら、俺はもうココロさんと関わることがなくなるのだろうか。

元々人見知りを治す手伝いとしてお昼ご飯も一緒に食べるようになったし、やはりそうなるんだろうか。

彼女の嬉しそうに笑う横顔を見ながら、それはなんだか悲しいなと思った。

パンダの後はコアラを見た。

怠けているコアラを見て、ココロさんはまた俺に似ていると言って嬉しそうに笑う。怠けているなら全部俺なのでは？

パンダもコアラも動物に詳しくない俺から見れば似たようなものだし、その系統なのかもしれない。

怠けているレッサーパンダを見ても同じこと言ってたし、多分間違いない。

リス、カワウソ、階段を降りた先にあるのはふれあい広場という場所で、時間が限定されているが動物とふれあえるらしい。

でも、その時間じゃなくても低い柵しかないため結構な至近距離で普通にふれあえるみたいだ。

「ふれあい広場！　動物たちとふれあえる場所ですよ、私調べてて気になってたんですっ」

周囲にいるのは大半が小学生だが、なんの違和感もなく列に並んでウサギとふれあっているココロさん。

俺はおそらく小学校の先生らしき人たちと並んでココロさんを見守った。

恥ずかしがり屋なのに、小学生に交ざってふれあうのは余裕らしい。全く気にせずウサギを愛《め》でている。

「ウサギはあまりカケルさんっぽくなかったです」

「あの、俺っぽい動物を探しに来たんじゃないですよね」

「でも、勝負ですから。カケルさんが何系男子なのか当てます」

勝負だったのか。

知らなかった、というか言ってなかったよな。

「当たった方の言うことを一つ聞くなんてどうでしょう？」

「乗った。やりましょう」

別に当たったところでココロさんに頼みたいことは思いつかないが、これも動物園デートの楽しみ方だろう。

かなり特殊な楽しみ方な気はするが、まあいい。

なによりココロさんが楽しそうなんだから、それでいいんだ。

ふれあい広場を離れ、ゾウを見た。

ゾウを見ても俺に似ているとは言われなくて、似ていないのか聞くと「大きさが全然違いますよ？」と真面目な顔で返されたけど、大きさも含めて似てると思ってたのか。

クマ、ナマケモノ、ホッキョクグマ、アシカ、ワニ、オオヤマネコ、マサイキリン、シマウマ、ジャガー、多種多様な動物たちを見て回って、午後二時に遅めの昼食を食べることにした。

レストランにキッチンカー。お弁当を持ってくる人も多いから、持ち込みの来園者のために用意された机と椅子もいくつか並んでいる。

「今何が食べたい気分ですか？」

「その……、もしよかったらなんですけど」

そんな前置きをしてから、ココロさんはずっと左腕に掛けていたバスケットを差し出して。

「お弁当作ってきたので、……食べてもらえませんか？」

顔が、赤い。

初めて俺たちが会ったあの時、隣の席に座ってマッチングしたあの時、あの赤さと同じレベル。

そういえば昼食を食べることになってから、ここに来るまでの間はずっと緊張気味だった。

今日はあまり見なかった、ココロさんの恥ずかしがりモード。ずっと言おうとしていたけど、言えなかったのか。

「いいんですか？　凄《すご》い嬉《うれ》しいです」

「ほっ、本当でしゅか!?　よよ、よかったぁ……。張り切りすぎて引かれないか心配でした……」

「ははっ、引くわけないですよ。中身が食用昆虫とかだったらドン引きですけど」

「あっ、昆虫お嫌いでしたか……？」

「えっ⁉　本当に昆虫⁉」

「嘘《うそ》ですっ、ふふっ」

「なんだ……」

ココロさんも、あの頃に比べて随分砕けてきた。

こんな冗談を言うなんて、最初は考えられなかったのに。

俺に対してはもう人見知りなんて全然していないようにも見えるけど、俺以外にはまだ緊張してしまうのだろうか。

そうじゃなければ、俺たちの関係の目的は達成だ。

そもそも、ココロさんは人見知りを克服するためにコネクトを始めたと言っていたけど、俺以外と会っているんだろうか。

俺と会っていない休日は何をしているのか全然知らない。

最初に比べて、ココロさんのことを知りたいと思うことがかなり増えた。それも全て、あの日の宣言からかもしれない。

それ以前にも良い人だし、可愛《かわい》いし、興味はあったが、やはりあの宣言からどうしても異性としてかなり意識してしまう。

ココロさんは友達として言ったことなのに、俺は別の捉え方をしてしまって、不純じゃないか？

友達だと思っていた人に好意を持たれるとかは迷惑だろうし、よくない。

そもそもこの気持ちが好意なのかわからない。

俺は、誰が好きなんだろう。

「カケルさん？　考え事ですか？」

俺の顔を覗《のぞ》き込むココロさんの髪から、良い匂いがする。

「え、あぁ、……いえ。食べましょうか」

「……はい。でも、その、誰かのために料理をするのは初めてなので、お手柔らかにお願いします……」

凄く自信がなさそうに保険をかけるココロさんだが、心配は不要だ。

なぜなら俺の味覚は光のお弁当によって既に壊れている。

あれと比べれば大体のものはご馳走《ちそう》になる。

光、アイツちゃんとレシピ見てんのかな。

バスケットを開くと、中にはバスケットに合うビジュアルの食べ物第一位のサンドイッチが。

あくまで俺の中での一位だけど。

「サンドイッチですか……！　美味《おい》しそう……！」

「お家に可愛いピクニック用バスケットがあったので、バスケットって言えばサンドイッチかなーって思って……。一応毒見はしておいたので、死にはしません……！」

死因がサンドイッチは流石《さすが》に笑ってしまう。

でもそんな心配は一切生まれない見た目をしていて、厚焼きたまごにトマト、レタス、キュウリ、色とりどりな具材のものの他に、ツナサンド、ＢＬＴサンド、バラエティに富んでいる。

「このたまごサンド、塩をかけてみてください」

「サンドイッチに塩？　珍しいですね、俺の実家だと何もかけずに食べてました」

まずは普通に一口。

「美味《うま》っ」

「本当ですか……？　よかった……、安心です」

なにをそんなに心配することがあるのだろう。味見をしたならこのたまごサンドの美味しさを充分に理解していたはずだろうに。

続けてココロさんが持参した塩をかけて。

「えっ、なにこれ美味しい。たまごもしょっぱい味付けなんですね」

「はい、苦手じゃなかったですか？　たまごは甘いのとしょっぱいの、家庭によって違うと思って、それが心配で」

「大丈夫です、俺の実家でもしょっぱい卵焼きでした」

「よかったぁ……」

ツナサンドも、BLTサンドも、全部ちゃんと美味しい。女の子の作る料理はこうでなくっちゃ。

高校時代、光もサンドイッチを作ってくれたことがあった。

トマトとレタスとスクランブルエッグが具材のサンドイッチだったが、スクランブルエッグにはマヨネーズがついていて、普通に美味しかった。

料理が下手な光でも、野菜本来の味もマヨネーズの味も変えることは出来なかったらしい。

当時は味なんて二の次で、なにより光が毎朝早起きでお弁当を作ってきてくれることが嬉しくて、残さず食べていた。

結局、味はどうあれ男は手作り弁当が好きなのだ。

食べきれるか不安だった大量のサンドイッチも余裕で無くなって、対象年齢が低めの園内遊園地を眺めながら、俺たちは座っていた。

メリーゴーランドや観覧車、パンダッシュという小規模なジェットコースターもあって、子供たちの悲鳴が聞こえてくる。

正直あれは大人になったら全然絶叫できない絶叫系だが、見ていて思い出した。

小学生の頃にあのパンダッシュに乗ったことがあって、怖くて強く目を瞑《つぶ》っていたことを。案外馬鹿にできない速さだった。

「カケルさん、そろそろ勝負にしませんか？」

スマホを俺に向けるココロさん。

その画面には動物性格診断テストと書かれていて、可愛い動物のイラストが沢山描いてある。

「いいですよ、やりましょう」

いくつかの質問に答えて、全八種類ある動物の中から、最も近い動物が診断結果として出るらしい。

ネコ、イヌ、ウサギ、ペンギン、カメ、クマ、ゾウ、モグラ。……モグラ⁉

ネコもイヌもウサギも大体わかる。

ペンギンは確か鳥なのに飛べないことで、自分にできることを冷静に判断して、泳ぐことが得意だと理解し、その長所を伸ばそうと進化してきた。

だから、自分の長所を理解していたり、冷静に物事を判断できる人間が診断結果として出やすいだろう。

カメはまったり屋かな、多分。

クマもカメと似たような印象だ。ゾウはデカいやつとか……、でも性格だから関係ないのか。

それにしてもモグラってなんだ。

いくつかの質問を通って、俺の診断結果が出る。

それをココロさんに見せないようにして、正面を見るとニヤニヤしているココロさんがいた。

「なに笑ってるんですか……」

「私、自信があるんです」

それは俺の結果を当てる自信か、それとも俺が絶対に当てられない結果が出ていて、勝利を確信しているのか。

だが、俺はこの全八種類の動物の中で、ココロさんにピッタリな動物を見つけている。

消去法だ。

ネコっぽくはない。

イヌも縁司というお手本のイヌを知っているから、アレと比べるとあんまりイヌ感はない。

ウサギと言えば寂しがりの女子をイメージする。それもココロさんっぽくはないし違うだろう。

カメ、クマのまったりの感じはイメージできるっちゃできるが、あまりハマった感はない。よって違う。

ゾウのビッグな感じは華奢《きゃしゃ》なココロさんには似合わない。性格だからあてにならないけど。そもそもゾウの性格ってどんなだよ。

そしてモグラは意味不明だから除外。

残った、ペンギンだ！

ペンギンは結構好きだからまあまあ詳しいつもりなのだが、さっきも言った通り、自分の弱点をしっかり理解していて、それを受け止めて前に進もうとする姿勢。

ペンギン系女子はたしか自分の芯をしっかり持っていて、そして聞き上手。

うん、今のところ完全にココロさんだ。

そして、なんと言っても意外と大胆なところがあるのがペンギンだ。ココロさんじゃないか。

「じゃあ、俺から……。ココロさんは、……ペンギン系女子ですよね！」

「……」

俯《うつむ》いてしまうココロさん、やはりそうか。俺の見立ては正しかった。悔しくて声も出ないのだろう。

「……残念でした」

そんな俺の予想とは裏腹に、勝ちを確信したココロさんが言った。

「えっ」

にんまり、と顔に書いてあると錯覚するくらいのざまぁみろな笑顔で、スマホの画面をこちらに向けている。

「モグラ系……女子」

診断結果と大きく出ている画面の下、モグラ系女子の特徴が箇条書きされていて、そのどれもがココロさんの特徴に一致している。

「太陽の下で活動するのが苦手な内向的な性格、恥ずかしがり屋、コミュニケーションは対面より文字が得意……」

当たってる……。

「ということでカケルさんは外しましたね。これで私が当てれば、私の勝ちです」

他にも清楚《せいそ》で守りたくなる、色白、メイクも服装もナチュラルなど、見た目の特徴までココロさんにぴったりだ。

これは、モグラについて知らな過ぎた俺の完敗だ。というか実際のモグラは色白でもなければ服も着ないしメイクもしないだろ。

でも、まだ引き分けに持ち込める。ココロさんが当てなければ、勝ちはなくとも引き分けだ。

「私の予想だと、カケルさんは……、猫系男子です!!」

「……」

俺は、自分のスマホをココロさんに向けて。

「なんなりとお申し付けくださぃ姫」

「やりましたっ……!」

胸の前で小さくガッツポーズ。

どうしてわかったのだろう。

あれだけ自信満々だったんだ、何か根拠があるはず。

「なんで、わかったんですか?」

「え、カケルさん自覚ないんですか……? 結構わかりやすく猫っぽいですよ……? まだ出会って間もない私でも思うくらいですから……」

「そ、そんなに……？　まあ猫好きだからいいですけど……」

特徴が箇条書きされた診断結果を見てみる。

マイペース、インドア、単独行動を好む、感情の起伏が薄い、口数が少ない、心を開いた相手には甘える、など。

確かに、当たってる……のか？

偶《たま》に言われるし、多少の自覚はあった。

それでも、ココロさんくらいの付き合いが短い相手にならバレることはないと思っていたのに。

「では、私の言うことを一つ聞いてもらいましょうか」

「はい、なんでも言ってください。命の危険があること以外なら何でも……いややっぱりできるだけ軽いやつでお願いします……」

「わっ、私そんなきついこと言いませんよ⁉」

わかっている。

ココロさんは謙虚でお淑《しと》やかで思いやりのある人だ。多分、俺がしんどい思いをするようなことは言わない。

「今って、春……ですよね」

「はい……」

「私、家族と親戚以外だとお花見をしたことがなくて……。なので、一緒にお花見をしてほしいです……！」

「え、それだけですか？」

「ダメでしょうか……？」

お願いではなく命令だから、正直もっとエグイのを予想していたのに。

「いや、そんなの命令しなくても行きますよ？　いいじゃないですか、楽しそうですし。あっ、でも俺もお花見とかしたことないからなにするのか……。お花見って普通なにするんですか？」

「私がした時は、桜を見ながらピクニックでした。ご飯を食べたり、大人はお酒も飲んでましたね。私はその時まだ小学生だったので……。多分それが主流かと……」

でもそれって、二人でするものなのだろうか。

地元にある河川敷で、毎年花見をしている人たちがいるが、多分どのグループも二人ではなく団体だったような気がする。

少なくとも、三人はいた。

「あの、実はここからが本当のお願いなんです……」

「……？」

サンドイッチの入っていたバスケットを抱きしめながら、ココロさんはモジモジしている。

凄く、言《い》い辛《づら》そうだ。

「あの、命令ですから、というかココロさんの言うことなら可能な限り叶《かな》える努力はしますし……、なんでも言ってください。言うだけでも、ね？」

「よければ、本当にご迷惑だったら断ってほしいんですけど……、カケルさんのお友達もお誘いして、複数人で……、ダメ、ですか……？」

あー、なるほど。そりゃあ言い辛いわな。

俺の友達を誘ってとなれば、共通の知人である俺が双方への気遣いを怠れない。

そうなれば俺が気疲れしてしまうし、そこまで見越していて言うのを躊躇《ためら》っていたんだろう。

「私、最近カケルさんとならあまり噛《か》まずに話せるようになってきました。まだ緊張はしますけど……」

「緊張、してたんですね。全然わからないですよ」

「本当ですか⁉　嬉しいです……！　でも、他の方の前だとまだちゃんと喋《しゃべ》ることができなくて……。だから、練習させてほしいんです。カケルさんのお友達なら、皆さん良い人だろうから、少し安心かなぁって思って……」

「俺もあまり友達が大勢いるってわけでもないんで、期待はしないでほしいんですけど、まあ、はい。聞いてみます。多分大賛成のヤツが一人思い浮かんでるんで」

「わがまま言ってしゅみません……」

「あれっ、俺の前でも噛んでませんか？」

「あっ、あうぅ……」

モグラのように潜ろうとしたのか、頭を両手で抱えて蹲《うずくま》る。それだけ緊張したということだろう。

でも、ココロさんは自分の苦手を克服しようと努力しているんだ。

人見知りを克服するのに協力すると約束したのだから、きちんと力になりたいし、途中で投げ出すつもりはない。

縁司くらいしか誘えそうな人は思い浮かばない俺の激狭交友関係だが、できることはするつもりだ。

幸い縁司は一度ココロさんと仲良くなろうとして話しかけたことがあると言っていたし、

頼めば断らないだろう。

コミュニケーション能力も高いから、人見知り克服の一歩目にはちょうどいい人材だ。

でも俺が最初だからアイツは二歩目になるのか。どうしよう、縁司が俺よりココロさんと仲良くなったら……。

なんか、妬《や》けるな。

「あの、もしいるならでいいんですけど……」

「えっ？」

「私、女の子のお友達も……ほしいなぁって……。本当にわがままでしゅみませんっ……！」

女の子のお友達、か。

思いつく相手は、たった一人だが、——いる。

三話　男女複数人でお酒を飲んだらそれはもう合コンと呼ぶ。

「と、いうわけでできれば来てくれないか？」

白黒灰のモノトーンな店内。コーヒーの渋くも深みのある香りと、フレンチトーストの甘い香りがする。

ココロさんとの動物園デートの翌日。毎週日曜日は恒例、縁司《えんじ》とバイトのシフトが一緒の日だ。

ついさっきバイトも終わり、今は二人でカウンターに座ってコーヒーを飲みながら話している。

話題はもちろん昨日のココロさんの願い、複数人でお花見がしたい。その招待だ。

「なるほどなるほど、僕でよければ協力するよ。初音《はつね》さんとは仲良くなってみたかったし。大学の人はもう大体友達なんだけど、初音さんはまだだからね」

「大体友達って、お前何者だよ」

「でもさぁ、流石《さすが》に僕は女の子にはなれないよ？　初音さんは女の子の友達も欲しいって言ってるんだよね？　どうするの？」

縁司のことだ、きっと俺の考えなどお見通しなのだろう。

見通した上で、俺自身に言わせようとしている。俺に女の子の友達なんていない。ココロさんくらいだ。

でも、友達というか、宿敵というか、――元カノなら、いる。

「光《ひかり》を、誘ってみるよ」

「おー、翔《しょう》ちゃんから誘うなんて、珍しいね」

「まあ、おかげさまで花見に誘うくらいなら……、うぅ、やっぱりそれは違くないか？　元カノを花見に誘うなんて未練あるからチャンスくれって言ってるようなものだろ……。うん、やっぱやめた」

「じゃあ初音さんのお願いはどうするの？」

「だぁー！　もうわかってるよ！　誘うって！　くそ、モグラ系女子についてもっと勉強しとくんだったよ！」

「なんの話？」

こうなればやけくそだ。

どう思われたっていい。というか、ココロさんの事情を話せばそれほど勘違いされるようなことでもないんじゃないだろうか。

だって、友達のために手伝ってほしいって言うだけだろ。余裕だ。余裕じゃん。

『光、花見したいんだけど、来るか？』

と、打ち込んで、いやいやこれはお前としたいんだけど感でちゃうだろ却下却下。と消す。

『友達が花見したいって言ってて、光も来ないか？』

これはなんだか言い訳臭いな。

『本当は翔がしたいんじゃないの？（笑）』とか返ってきた日には悔しくて血涙が出る恐れもある。よって却下。

「貸して」

「おいっ……！」

俺の手からスマホを奪った縁司が、なにか打ち込んでいる。

スマホを取り返そうと手を伸ばしたが、制服のエプロンが椅子に引っ掛かって大胆に転んだ。

「あ痛っ!!」

「はい、優柔不断な翔ちゃんの代わりに送っておいたよ」

「お前なにやってんだよ……！」

すぐに縁司が送った内容を確認して、絶望した。

とりあえず、隣で悪気もなさそうにニコニコしている縁司の首を絞める。

「いだだだ……！　じ、じぬぅ……！」

九分殺しくらいの気持ちでやった。

『光ちゃん、やっほー（笑顔）。今度縁司くんと僕の友達でお花見（桜）しようって言ってるんだけど、よかったら光ちゃんも来ないカナ⁉　みんなで何か食べながらお酒でも飲んでさ（ビールジョッキ）（ビールジョッキ）、きっと楽しいから、来てほしいな〜なんて（ウインク）（ウインク）』

文章だけ見ても充分気持ち悪いが、もっと気持ち悪いのはカラフルに盛られまくった絵文字。

「縁司、お前よくもやってくれたな。こんなの俺のキャラじゃねぇだろ‼」

「僕が送ったって言えばいいじゃんか！」

「それは言い訳っぽいだろ‼」

「ちょっと二人とも、お客さんいるからやめてぇ‼」

「『ごめんなさい』」

縁司が余計なことをしやがったからだろう。おそらくドン引きの光は、俺のＬＩＮＥを既読スルー。

この日はそれからずっと頭を抱えて唸《うな》り続けて、縁司を呪うための藁《わら》人形を通販で探したりしてから布団に入った。

ああ、もう最悪だ。

キモイとか言われてんだろうな……とか思っていると、返事が来た。

『行く』

たった二文字のメッセージを見て、少し頬《ほお》が緩んでしまった。

なんでだよ、なに喜んでるんだ俺。

これはあくまでココロさんのため。そう。俺のためじゃない。俺は別に光がいてもいなくてもいいんだ。

『それとなに？　このキモイ文面。ブロックするところだった』

『バグかな』

『どんなバグよそれ』

『縁司が勝手に送ったんだ』

言い訳みたいになるから言うべきか悩んだが、やはりあの文章を俺のものだと思われるのは嫌だ。

『あー、縁司くんならやりそう』

なんとか信じてもらえた。言ってよかった。

そもそも俺が冗談でもあの文章を送ることはないということは、三年以上も付き合っていた光ならわからないはずがない。

というか光の中で縁司ってそういうイメージなのか。

『友達って私の知らない人？』

ココロさんのことは光に話したことがあっただろうか。

多分、コネクトで同じ大学の人とマッチングしたという話はしたはず。

うん、したな。

でもそれくらいしか言っていない。

人見知りだとか、それを克服したいと思っていることだとかを説明して、協力してもらわないと。

『初音心《しん》って子なんだけど、凄《すご》い人見知り激しい子なんだ。女の子の友達がいないみたいで、光なら大体誰とでも友達になれるから、頼みたいなって』

高校生の頃から、光の周りにはいつも誰かがいた。

誰とでも仲良くなるし、皆から好かれていて、俺はそんな光のおかげで不愛想なところも少しはマシになった。と、思いたい。

だから、ココロさんも同じようにその影響を受ければ、少しは人見知りもなくなるかもしれない。

『え、女の子？』

『そうだけど』

『翔が女の子の友達？』

と送ってきてから、俺が『俺に女の子の友達がいることがおかしいのかよ』と返信するより先に追い打ちがかかる。

『あ、前に言ってたコネクトの？』

『そう』

『それって大丈夫なの？　私のことなんて紹介するつもりなの？　元カノとか言ったらその子嫌がるでしょ』

なんでココロさんが元カノだと嫌がるのか。

そうか、光は俺とココロさんが恋愛関係にあると考えているのだろう。それは違う。

俺はあの宣言でてっきりココロさんには俺への好意があると思ってしまったが、後に友達だと言われた。

俺の早とちりだったんだ。だから、ココロさんが元カノの光を連れていくことで嫌がることなんてないだろう。

『大丈夫、普通に友達になったんだよ』

『ふーん、わかった。詳しい日程と場所決まったら教えてね』

『おけ』

わずか三分ほどだったが、何通かやりとりをして、俺の『おけ』を最後に返信は来なくなった。

用事がなければあまり連絡を取りたがらないのは付き合っていた時から、お互いそうだった。

LINEでのやりとりが終わって、頰が少し緩んでいる自分がいた。なに楽しんでるんだよ。

何気ないやりとりだったはずだ。

用件だけの、絵文字もない簡単なやりとりだっただろ。

これじゃあまだ光のことが好きみたいじゃないか。

実際、自分でもどうなのかはわからないんだけど。

スマホを閉じて、目を瞑《つぶ》る。

明日からまた学校だから、早く寝てしまわないと。

そう思って三秒後、光からのＬＩＮＥでまたブルーライトを眼球に浴びせた。

『おやすみ』

「……」

『おやすみ』

お花見の用意は完璧。

俺が他三人の共通の知人であることから、話し合うわけでもなく、自然と俺が幹事となった。

縁司も協力してくれたから、花見童貞の俺でもなんとかなるだろう。

花見とは、とか検索してたら縁司が隣で「翔ちゃん、友達いないから花見したことないんだね」と自覚もなくバカにしてきた。

だから、「だったらお前が全部計画立てろよ」と言い返したのだが、本当に全部の計画を立てて、俺は幹事と言ってもただの連絡係になっていた。

日程と場所を決めたのも縁司だし、必要になるだろう物も教えてくれて、俺は本当に縁司に言われたことを光とココロさんに伝えただけ。これで本当にココロさんに協力したと言えるのだろうか。

「翔ちゃん、レジャーシートは持ってきてくれた？」

「おう、ちゃんと実家から持ってきた」

「ありがと」

四人全員レジャーシートがないらしく、今日のためにわざわざ買っても、この先使うことはまずないし勿体《もったい》ないということで、最近爺《じい》ちゃんが婆《ばあ》ちゃんと一緒によくピクニックをしていると言っていたことを思い出し、それを借りることにした。

久しぶりに実家に行くと母さんが言っていた通り、爺ちゃんは庭で爆音ラジオ体操をしていた。本当に元気だな。

「女の子も来るみたいだな！　だったら爺ちゃんのとっておき貸してやる！」

「別に普通のでいいよ、あ、でも四人でも余裕のサイズがあればいいな」

爺ちゃんは大きなリュックから膨らんだ黒い袋に入ったレジャーシートを差し出す。

パンダかクマか犬かよくわからない動物のキャラクターものだった。ダサいけど仕方ない。

「これが爺ちゃんのとっておきだ。これしか四人用がないから、これを使うといい。楽しんで来いよ、翔」

親指を立てて、歳《とし》のわりには綺麗《きれい》な並びの真っ白い歯を剝《む》き出しにして、ウインクしていた。

俺は昔から爺ちゃん子だったから、爺ちゃんとは友達のような距離感で接している。

爺ちゃんは凄いケチで、昔からお年玉をくれたことはないし、誕生日には高校生になっても河原で拾った綺麗《きれい》な石とか、公園で拾ったどんぐりとかをくれた。もうそんなので喜ぶ歳じゃないって言ってんのに。

爺ちゃんは初めて俺が実家に光を連れて行った時、泣いていたな。

爺ちゃん離れしていく俺に悲しさを覚えたからではなく、俺を選んでくれた光に対しての感謝と、俺の成長を感じて泣いていたらしい。それは婆ちゃんが教えてくれた。

本人は「人参《にんじん》を切ったからだ！　泣いてない！」とか言っていたが、そもそも人参を切っても涙は出ない。涙が出るのは玉葱《たまねぎ》だ。

偶《たま》には、実家に帰るのも悪くない。

そもそも実家から通える距離の大学を選んだのに、自立するためだからと勝手に今のアパートを爺ちゃんが借りて、その結果爺ちゃんは寂しいのか時々英語を翻訳したような拙い文章のＬＩＮＥを送ってくる。孫離れしてほしいものだ。

「ここが翔ちゃんの育った街か～、何もないね」

俺が脳内で過去を振り返りながら地元の道を歩いていると、縁司が悪気なくいじってくる。コイツ、こういうところあるよな。

「うるせぇよ、選んだのお前だろ」

「だって、光ちゃんと初音さんを呼ぶならここがちょうど中間ぐらいだったし、河川敷が花見スポットなんだもん」

「お前何もないって言ったけど花見スポットがあることを今認めたな、謝れ」

「細かっ、嫌われるよ？」

「うるせぇ、そもそもここは居住区で、大通りに出ると色々あるんだよ」

「例えば？」

「飲食店とカラオケ。カラオケにいたってはこの街だけで三つもある。だからこの辺りに住んでる人はみんな歌上手《うま》いぞ」

「翔ちゃんが？　絶対嘘《うそ》だよ、翔ちゃん下手そうだもん」

「俺は例外だ」

「下手なの認めるんだ」

そうやって話しているうちに、こちらに向かって忙しくパタパタと走ってくる人が見えた。

あの遅いけど待たせて申し訳ないという気持ちが伝わってくる走り方と、周囲の男たちの視線を集めるオーラの持ち主は、ココロさんだ。

「おお、お待たせいたしますたっ……！」

ココロさんは息を切らしながら、薄いピンク色のワンピースの裾を揺らしている。

髪型から服装まで、まるで男の理想そのものだ。

「そんなに急がなくても、まだ五分前ですよ」

「翔ちゃんが相手を気遣ってる……！」

「いやこれくらい俺だってするからな⁉」

ココロさんは最近ではあまり見せなくなっていた、俺と初対面だった頃と同じ表情。かなり緊張が伝わってくる。

認めたくはないが、縁司はイケメンだ。

身長だって百八十センチと文句なしの高身長だし、スタイルも良い。服も髪もお洒落《しゃれ》で綺麗な清潔感もあるキラキラ男子だ。

俺より緊張して当然なのはわかっているが、なんか悔しいな。

「こんにちは、ココロさん。一ノ瀬《いちのせ》縁司です」

「ここっ、こんちちは……！　ひゃつね心です……！」

「大学で一度だけ話しかけたことがあるんだけど、憶《おぼ》えてるかな？」

「おっ、憶えてましゅ……！」

「そっかよかったぁ、今日はよろしくね」

「ひゃい……！　よろすくお願いしましゅ……！」

にしてもひどい噛《か》みっぷりだな。

「あとは光だけど、どうせ遅れてくるから先レジャーシート敷いて座っとくか」

「流石《さすが》、元カレは元カノの生態に詳しいね〜。……あっ、ごめん」

縁司はココロさんを見て、不味《まず》いことを言ってしまったのではと自覚する。でも、問題はない。

「いや、言ってるよ」

「そうなんだ……、僕としたことが、うっかりだったよ」

ココロさんには、光のことを話している。

元カノであること、再会してからちょくちょく会っていること、――まだ、未練が完全になくなったわけではないこと。

「さっ、あとは遅刻常習犯の光だけだけど……」

「私を遅刻キャラみたいに扱わないでくれる？」

声の方向に振り向くと、春らしい装いの光が太々《ふてぶて》しい顔で立っていた。

バンドカラーの白シャツを黒のレザーショートパンツにインして、黒のレザーブーツ。黒のジレベストを羽織っている。綺麗め女子って感じだ。

細くて白い太ももに一瞬目を奪われたが、その一瞬の視線に気付いたのか、声には出さないが「見てんじゃないわよ」と殺意のこもった目を向けてくる。別に、ただ視界に入っただけだろう。と目で訴えておいた。

「縁司くん久しぶり」

「うん、久しぶりだね〜」

縁司に一言挨拶をしてから、光はその視線をココロさんへと移して。

「初めまして、高宮《たかみや》光です。同い年だよね？　光って呼んでね」

と、近頃では俺には全く見せなくなった優しい笑顔を向ける。俺にもその感じで接してくれてもいいんだけどなぁ。

「初めまして……！　は、初音心です。今日は私のために、ありがとうございましゅ……！」

「ううん、翔から聞いて、気になってたの。仲良くしようね」

「はっ、はい！　よろしくお願いします……！」

「あははっ、タメ口でいいよ〜」

明るく一瞬で距離を詰めた光は、ココロさんの右腕を抱く。

「う、うんっ」

ココロさんも、心なしか緊張もほぐれて見える。

なんだか、ココロさんに新しい友達ができるのが嬉《うれ》しいような、悲しいような。まるで孫の成長を見守る祖父のような気分だ。

爺ちゃんもこんな気分だったのかな。

「じゃあ場所取り組と、買い出し組に分かれよっか！　グッパで分けよう！」

ココロさんは俺以外とほぼ面識がないし、できれば俺が一緒に居てやりたい。

ココロさんと目が合って、俺はグーを出す。と伝えるために瞼《まぶた》をグーっと閉じてみせた。

でもココロさんは俺のサインに首を傾《かし》げて……。

「じゃあ、僕と翔ちゃんが買い出し、二人は場所取って座っててね。荷物重いだろうし、ちょうどよかったね」

そして俺と縁司は近くのスーパーへ買い出しに行くことに。

一刻も早く帰らないと、ココロさんの心が持たない。そんなダジャレを交えた心配を胸に、俺は二人を残して縁司と歩き始めた。

＊

「心ちゃんって、呼んでもいい？」

私は、誰とでも仲良くなれるタイプだと自負している。でもそれは得意なだけで、実際に誰とでも仲良くなりたいと思っているわけではない。

嫌いな人とはもちろん仲良くなんてなりたくないし、興味のない人も別に自分から話しかけたりはしない。

でも、自信はある。

翔に俺の友達と、友達になってほしいと頼まれた時は、面白そうだし、翔が女の子と友達になるなんて珍しいから、興味もあった。だから引き受けたし、別に面倒だなんてちっとも思っていない。

人見知りだと聞いていたけど、思っていた以上だった。

でも、彼女は必死になって仲良くなろうと、コミュニケーションをとろうと頑張っている。それが凄《すご》く伝わってくる。

いい子だし、可愛《かわい》い。……守りたい。

「うん、私も、光ちゃんって呼びたい……ダメ、かな？」

「ダメじゃないよ。心ちゃんアイドルみたいだよね、顔とかめっちゃ小さい！　最初見た時可愛すぎてびっくりしたよ〜」

「いや、そんな……」

「細くてめっちゃスタイル良いし、羨ましい」

「光ちゃんの方が、その……胸も大きくて、綺麗だし……羨ましい。あ、ごめんっ、いきなり体のことなんて……」

自分の胸が人より大きいことは自覚していた。

大体の男は、私と話す時に目ではなく胸の辺りをチラチラ見ながら話すし、女の子の友達も、癒《いや》しだとか言って触ってくる。

「こんなの、邪魔だよ？　太って見えるし、走ったら痛いし。服だって着れない物多いし。心ちゃんの服可愛いね。顔も服も綺麗な髪もアイドルみたいで尊いわ〜。翔にはもったいないくらいの友達だよ」

実際、私が今まで見てきた女の子の中でも、ダントツの可愛さだ。

本物のアイドルと比べても、心ちゃんの方が可愛いかもしれない。

なにより、このオーラだ。

理屈では説明できないけれど、どうも庇護《ひご》欲がそそられる。

涎《よだれ》が出そうになるほどの美少女で、自分はいつからエロオヤジになったんだろうと我に返る。

「一個、お願いあるんだけど、いい?」

「も、もちろん。私にできることなら……」

「頭、撫《な》でさせて」

「ヘッ……!?」

心ちゃんの返事を待つよりも早く、右手は心ちゃんの頭頂部を目指していた。

ああ、やっぱ何この子、好き。可愛い。

恥ずかしがっているし、撫でさせてと言った時は戸惑いながらも一瞬身を引いたのに、いざ手を伸ばしてみると首を傾けて撫でやすい角度で待ち受けられた。

今も目を瞑《つぶ》って、戸惑いも混ざっているが満足そうにされるがままだ。

世の中の男はきっと心ちゃんに釘付《くぎづ》けだろう。

実際周囲にいる他の花見客の男の人たちは、私たちの方に目を向けている。ざまぁみろ、今は私のものだ。

翔はこんなに可愛い子と一緒にいて、好きになってしまわないのか。

本人は友達だと言っていたけど、本当にそうだろうか。

実際はもう好きになっていて、言わないだけなのかもしれない。

元カノだし、普通よりも言《い》い辛《づら》いと思う。可能性は高い。

むしろ、こんなに可愛いのに惚《ほ》れないなんてどうかしている。と思ったけど、あまり恋愛に意欲のなさそうな翔ならありえない話ではない。

そういえば、私のことはどういうきっかけで好きになったんだろう。今聞いてもどうせ言わないだろうし、そもそも恥ずかしくて聞けない。

ほんの数週間前に私のどこが好きだったのか聞いたけど、正直聞くのも恥ずかしかったし、翔が意外と私でも気付かないようなところまで見ていてもっと恥ずかしくなった。

なによ、階段降りる時の最後の二段はジャンプするところって……。どこまで見てんのよ、気持ち悪い。……バカ。

「あ、あの……」

心ちゃんの頭を撫でながら全く別のことを考えていると、頭を私に撫でられながら上目遣いで見てくる。可愛い。

でも、充分に撫でていた右手は癒《いや》された。気のせいか、撫でていた右手がキラキラしているようにも見える。

ああ、キラキラしているのは右手じゃない。視界の大部分を埋め尽くすほど至近距離にいる心ちゃんが、輝いているんだ。

「ごめんっ、つい夢中になっちゃって！」

「う、ううんっ……」

翔は心ちゃんのことを友達だと言っていた。

その本心は私にはわからないけれど、心ちゃんは翔のことを一人の男としてどう思っているんだろう。

元カノとしての贔屓目《ひいきめ》もあるのかもしれないけど、翔は不器用で不愛想なわりに、実は優しいし世話焼きなところとかあって、イイ男だと思う。だから、心ちゃんが好きになっていてもおかしくは、ない。……と思う。

実際翔と別れてから、誰かを好きになることはなかった。多分、翔への未練がなくても、そうだったと思う。

私はあんまり、惚れやすくないんだろう。

「心ちゃんと翔って、コネクトで知り合ったんだよね？」

「うん、マッチングした時に、偶々《たまたま》隣にいて……、凄《すご》い、よね……」

心ちゃんはまだ、タメ口に慣れていないような話し方だ。

翔が唯一の友達だと聞いていて、その翔とはお互い敬語で話しているようだから、当然慣れてはいないんだろう。

家族と話す時は流石《さすが》に敬語じゃないだろうけど……、いや、とんでもないお嬢様だったりしたら、ありえるのかも。

お母様、お父様、とか言ってたり……、もしかして年寄りの執事がいて、じいや、とか呼んでいたり。

雰囲気とか所作からして、ありえる。というかそんな気しかしなくなってきた。

「翔、まだ私たちとしかマッチングしてないってちょっと前に言ってたけど、凄くない？　元カノと隣の席の子って」

「本当、凄いよね……」

「正直さ、心ちゃんは翔のことどう思ってるの？」

話の流れで、つい口に出てしまった。

もしこれで「好きだよ」なんて言われたらどうしていいかわからないし、聞くつもりはなかった。

それもこんなド直球で……。

私は、翔のことがまだただの元カレとは思えない。

三年以上付き合っていた特別な存在だし、再会してからはもっと自分の気持ちがわからないでいる。

別れてから、ずっと苦しかった。翔と一緒じゃない時間が、こんなに苦しいなんて思わなかった。

でも、時間が経《た》てばきっと忘れられる。もしくは、新しい恋愛で翔への未練を塗りつぶせばいい、そう考えたのに。

忘れるために始めたコネクトで、翔と再会してしまった。

今のこの複雑な心境で、心ちゃんが翔のことを好きだなんて言ったら、私はどうするのだろう。

応援するよ、なんて言って協力したり、相談に乗ったりするのだろうか。自分の気持ちは押し殺して……。

それとも、対立して奪い合うのか。

そうなってしまったら、きっと私は負けると思う。だって、こんなに可愛い心ちゃんに勝てるわけがない。

あの日、翔と昔のことを謝り合った。当時どうしても言えなかったことが、あの日ようやく言えた。

だから、またやり直すこともあるのかな、なんてこともあの後何回も考えた。

でも、もし心ちゃんが翔を好きなら、この中途半端な気持ちを確かめることもなくなるだろう。

二人が結ばれることで、その機会が失われるから。

私の問いから数秒経った。

心ちゃんは未《いま》だに答えない。黙って、俯《うつむ》いている。……と思っていたら、顔を上げて口を開いた。

「どう、って……？」

「ほら、男の子として、どうなのかな～って」

「……どう、なんだろう」

「あ、ごめんね！　変なこと聞いて！　そうだ、休みの日はなにしてるの？」

と、友人関係を進展させるための質問に切り替える。

「本を読んだり、映画を観《み》たり……、お母さんとよくお出かけも……」

「……そ、そうなんだ～！」

聞いておいて、心ちゃんの言葉が遅れて脳に届く。それどころじゃないほどに、焦っていたんだ。

休みの日はなにをしているのかなんて、全く聞くつもりはなかったのに、気付いたら口から出ていた。

ようするに、逃げたのだ。

＊

「翔ちゃん、そろそろ替わってよ〜」

「まだ一分も経ってない」

「この人でなし〜」

俺の三歩後ろで、大量の飲み物と少しのお菓子が入った袋を持った縁司が文句を言っている。

「ジャンケン負けたのお前だし、荷物重いからジャンケンで負けた方が持つって提案したのもお前だろ。まだなにか文句あるか？」

「……、そんなんだから友達いないんじゃ……」

「うるせぇ友達くらいいるわ！　そもそも俺は一人が好きなんだ！」

「はい強がり〜」

コイツ、ぶっ飛ばしたい。

近くのスーパーで、予《あらかじ》め聞いていた光とココロさんが欲しいものを買った。もちろん、それだけではない。

俺が押していたカゴ入りカートの中に、縁司がこれもこれもと色々入れていた。俺も必要になるだろうものを入れた。

でも俺が入れたのは二リットルの水が一本と、二リットルのお茶が一本、紙コップと割り箸と紙皿とウェットティッシュ。

食べ物はありがたいことにココロさんが四人分のお弁当を作ってきてくれたらしい。

四人でお酒でも飲みながら楽しもうということになっている。

ココロさんはお酒を飲んだことがないらしく、もし飲めなかったら困るだろうからしっかり他の飲み物も買っておかないと、そう考えて、水とお茶を買った。

お酒は、縁司が任せてと言って色々入れていたし、量は結構多そうだから、足りないなんてことはないと思う。

「つーか、こんなに入れたのお前だろ」

「それはそうだけど～、重いよ～」

「はぁ……」

縁司が持っているのは右手に水とお茶、少しのお菓子も入った袋。左手にはバカみたいに大量のお酒が入った袋。

俺は三歩後ろを歩く縁司の右側に戻り、袋を奪う。

「こっちは俺が選んだものだから、持ってやる」

「翔ちゃん……！」

「でもそっちは自業自得だ。絶対にそんなに要らないだろ。自分で持て」

「翔ちゃんが優しい子に育って僕嬉《うれ》しいよ……！」

「オカンか！」

半分持ってやったのに、まだ文句を言う縁司を無視しながら歩いていると、レジャーシートの上で座る光とココロさんが見えてきた。

「なぁ縁司」

「うん、凄い楽しそうだね……」

遠目でわかるくらい二人は意気投合している。

人見知りのココロさんを初対面の光と残してきたから、文句を言う縁司を置いていく勢いで急いで帰ってきたのに、心配なかったようで安心したような、少し寂しいような。

なんかこう、我が子が巣立っていったような……。ココロさん、ちゃんとコミュニケーションとれたんだな、俺じゃなくても……。みたいな、嫉妬に近い感情が生まれる。

「やあやあお待たせ〜、翔ちゃんに途中まで荷物全部持たされて大変だったよ〜」

「鬼畜ね、翔」

「カケルさん、酷《ひど》いです……」

「違う違う！　縁司がジャンケン負けた方が持とうって！　本当だって！」

「翔ちゃん必死の弁解だね〜、でもそんなのみんなわかってるよ。からかってるだけ」

「あはは っ、翔必死じゃん」

「うふふっ」

「ココロさんまで……」

この三人打ち合わせ無しで息ピッタリのからかいようだな。

ムカつくけど、唯一全員の知人である俺が盛り上げるために頑張るようなことにはならなそうで安心した。

袋の中をバラして、それぞれに必要なものが行き渡り、待ち侘《わ》びたココロさんのお弁当タイムだ。

「お口に合えばいいんですが……」

前回同様、保険をかけてから既に広げられているお弁当を一瞥《いちべつ》する。

今回はサンドイッチではないようだ。

前回俺と食べたのはサンドイッチだったから、同じにならないように気を遣ってくれたのかもしれない。

三段の大きなお弁当箱の内一段が、俵形に海苔《のり》が巻いてあるシンプルなおにぎり。残りの二段は米が進みそうなおかずが並んでいた。

卵焼き、ウインナー、きんぴらごぼう、アスパラベーコン、唐揚げ、ちくわの磯部《いそべ》揚げ、ブロッコリー。

光はこれを見て自分との差を感じて絶望するだろうか、そう心配して見てみると、もう既に左手におにぎり、右手には卵焼きが。

「ん〜っ！　ほんっっっとに心ちゃん天才！　三ツ星だよ〜っ！」

「俺たちが帰ってくるより先に食ってたのか」

「だって遅いんだもん。一口だけ食べたら止まんなかったの。心ちゃん料理上手すぎ」

「まあそれはそうだけど……」

と、俺の発言を受けて光と縁司が驚いた顔で俺を見る。

「「食べたことあるんだ……」」

「あっ……うん、まあ、一回だけ」

「「ふーん」」

なんでお前ら息ピッタリなんだよ。

ココロさんは顔を赤くして俯いている。

実際には顔が赤くなっているのかはわからないが、耳がとても赤いし、多分顔も赤い。

……なんで？

「そういえば、お酒！　縁司が色々選んだから、みんな好きなやつ選んで取ってくれ」

「私これ！　ちょろよいのカシス〜」

「僕はハイボール。翔ちゃんはビールだよね、はい」

「さんきゅー。ココロさんはどうしますか？　水とお茶も買ってあるし、すぐそこに自動販売機もあるから無理しないでくださいね」

「はい……、でも、飲んでみたいです」

「じゃあ私が選んであげよう！」

光がココロさんの肩に手を置いて乗り出してくる。袋の中から何本か出した。

「多分飲みやすいのはこの辺かな〜」

「あの……私、炭酸ダメで……」

「そうなの⁉　じゃあこれとこれはアウトだね」

うん、凄《すご》くココロさんっぽい。

炭酸の刺激が苦手なんて、予想通り過ぎる。

そんなこともわからないようなら、光はまだまだココロさんをわかっていない。よって俺の方が仲良いということがわかった。

付き合いだって俺の方が長いしな。

「これ、美味《おい》しそう……」

「え、これリキュールだよ。大丈夫かな？」

ココロさんが選んだのは、『みかんのお酒』とラベルが貼られているリキュール。

アルコール度数は七パーセントと書いてあるが、初めてなら無難に三パーセントのちょろよいにしておいた方がいいのではと思う。

「それ、僕が飲みたくて選んだんだけど、一応ロックで飲めるように氷もあるよ」

縁司は持参したクーラーボックスから氷の入ったジップ付きの袋を取り出す。

少しでもアルコールを薄くするために、水割りやソーダ割りの方がいいんじゃ……、でもココロさんは炭酸が飲めないから、水割りしか方法はないのか。

「どうする？　途中で飲めなくなったら私飲むし、飲んでみたら？」

「うん、ありがとう光ちゃん」

「うん、じゃあ入れてあげる」

二人の空気はスーパーに行く前とは別物だ。

いつの間にこんなに仲良くなったんだよ。

俺の入る余地がなくなってるし、そのうちココロさんが「これからお昼は光ちゃんと食べることになりましたので」とか言ってくるかも……。

でも、なんだろう――、

「デュフフ～、女の子同士が仲良くしてるのって、いいでござるな～」

と、声を変えて俺の耳元で囁《ささや》いてくる、縁司。

「あ～眼福でござる～、拙者、こんな百合《ゆり》カップルを見ると興奮――痛いっ！」

「気持ち悪い声で気持ち悪いこと囁くな」

「翔ちゃんが涎《よだれ》垂らして見てたから、その気持ちを代弁してあげたんじゃないか！　痛い痛い！」

耳を引っ張り上げる。

「俺はそんなこと考えてないし涎だって垂れてねぇよ」

「嘘《うそ》つきぃ！　心の声駄々《だだ》洩《も》れだったもん！」

幸い光とココロさんは縁司が何を囁いていたのかは聞こえていなかったらしく、キョトンとした顔で見ている。

ココロさんに変な世界を知られなくてよかった。

「さっ、腹減った。ココロさん、いただきます」

「……どうぞ」

「僕もっ」

三段でかなり量があったココロさんのお弁当は、ほんの三〇分で全て無くなった。

ココロさんは初めての飲酒を俺たち三人に見守られながら経験。味は「凄い……、美味しい……！」と絶賛。

体調が悪くなったり、気分が悪くなったりもしていないようだ。

ひとまず、安心した。

「ちょっと俺トイレ行ってくる」

尿意が襲ってきたので、それだけ言い残して俺は近くのコンビニに向かった。

思いの外ココロさんは光とも縁司とも仲良くやれているようで、安心する。

正直元カノの光と別の女の子を交えて会うのなんて、気まずい。そう思っていたが、いつの間にか仲良くなっていたし、心配には及ばなかったようだ。

まだ縁司とは少し距離を置いているように見えるが、縁司のことだし、きっとすぐに犬のように尻尾振って俺よりも仲良くなるんだろう。……畜生、許せねぇ。

ただトイレを借りるだけというのも悪いし、ちょうど歯磨き粉が無くなりそうだったことを思い出して、歯磨き粉だけを買ってコンビニを出た。

花見をしていた河川敷までは徒歩五分ほどなので、少し歩けばすぐに三人の姿が見えてくる。

五〇メートルほど離れた場所にいたが、縁司が俺の存在に気付いて、「おーい！」と言って大きく両手を振った。それと同時に手に持っていたハイボールを落とし、豪快に服が濡《ぬ》れて。

「あいつ、もう出来上がってんのか……」

縁司は特にお酒に弱いという印象はなかった。というか、一緒に飲んだ時も別に弱いとは思わなかった。

それでもあの状態ということは、それなりに量を飲んだのか、それとも楽しみすぎて足が地についておらず、ハイボールを落としてしまったのか。

「ねえ、カケルくんじゃない？」

河川敷にあった東屋《あずまや》の下から、偶然通りかかった俺に声をかけたのは――、

「あれ、カエデさん？」

「久しぶりだね〜、って言っても前に会ったのって先週だったかな？　あれ？　先々週？　それとも先々々週？」

「ラッドウィンポスの曲みたいになってる」

「あはは〜、カケルくんナイスツッコミ〜」

変な人だ。

カエデさんは千鳥足で俺に近づき、勝手に肩を組んでくる。

あの、胸……、当たってんすけど……。それとなんだよこの良い匂い。

「カエデさん、なんでここにいるの」

「え〜、バイト先の人たちとお花見だよ〜。カケルくんは〜？」

まあ、後ろにいる人たちが年齢層バラバラだし、おそらくカエデさんの苗字《みようじ》であろう「日和《ひより》さんの友達？」と、いかにもバイト先の人たち、といった距離感だからなんとなく想像はついていたけど。

にしてもバイト先の人たちのほとんどが男で、みんな俺を見ているというか睨《にら》んでいるに近い視線を向けている。

「俺は友達と。ってか大丈夫かよ、結構酒臭いし赤いぞ。あんなことあったんだから禁酒しろよ……」

「いーの！　あ、それと私の本名カエデじゃなくて楓《ふう》だから。日和楓。よろしく〜」

「楓さんね、俺もカケルじゃなくて翔。藤ケ谷《ふじがや》翔」

「翔くんか〜、良い名前だね。かっくい〜、このこの〜！」

肘で小突くな。痛くはないけどウザい。それとバイト先の人たちの目が恐《こわ》いから。

多分、この人たちみんな楓さんのことを好きなのかもしれない。

サークルの姫的なポジションなんだろう。可愛《かわい》いし、愛想良いし、距離感近いから勘違いしちゃうんだろうな。

「ずっと気になってたんだけどさ、聞いてもいい？」

やけに耳元で言われる。というかそもそも密着しすぎている。

多分楓さんは普通に聞いてるつもりだろうが、後ろの人たちが恐いからもう少し離れた方がいい気がする。

耳がくすぐったいし、なんか良い匂いするし……。

俺は不自然にならないように気を付けながら距離をあけて言う。

「なに？」

「なんで、歯磨き粉持ってるの？」

別にそれ距離詰めなくても聞けるだろ。

「コンビニでトイレ借りたから、ついでに買った。そろそろ無くなりそうだったから」

「ふーん、今から女の子とキスでもするのかと思った～」

そう言われて、光とココロさんの顔が浮かんだ。なんでだよ。二人ともキスするような関係じゃないだろ。

「ち、違う」

「おや？　案外当たってた？」

「当たってない！　俺戻るから！」

そして俺は逃げるようにその場を離れる。

「後でそっち遊びにいくね～」

「来るな！」

「ちぇ～」

来ても他の三人困惑するだろ。前から思ってたけど、絶対楓さんは天然だ。話し方とかもう絶対そうだ。

「なに、知り合い？」

「まあちょっとな」

光に聞かれて、さっきの楓さんの言葉が脳内で反芻《はんすう》する。

──今から女の子とキスでもするのかと思った〜。

「しないって！」

「なにが？」

「……、なにも」

「変なの」

光はまだそれほど酔っていないようだ。

ココロさんが心配だったが、意外と酒に強いらしい。けろっとしていた。なのに、一番強そうなコイツが……。

「翔ちゃん遅いよ〜！　なに知り合いと話してんの〜、翔ちゃんらしくないよ〜」

「どういう意味だよ」

「翔ちゃんは久しぶりに同級生とすれ違っても気付いてないふりしてスルーする陰キャでしょ〜」

事実だけど腹立つな。

「いてっ！」

レジャーシートに座るついでにムカつく縁司の足を踏んでおいた。

しばらく四人で飲んでいると、スマホが鳴った。

『カエデさんからメッセージが届いています』

「……?」

五〇メートルほど先にいるはずの楓さんからのメッセージ。

楓さんなら面倒だからという理由でこの距離でもメッセージしそうだけど、いくらなんでも少し歩けば伝えられるのに。

そう思ってさっき楓さんが居た東屋の方に目を向ける。でも、その方角の一〇メートルほど先にある木の陰に隠れてこっちを見ていた。

何やってんだあの人。

とりあえず、メッセージを確認してみることにした。

『ちょっと来て』

そのメッセージと同時に、視線の先にいる楓さんが俺に向かって手招きをしていて。

「ごめんちょっと離れる」

「どこいくの?」

縁司がもうすっかり赤くなった顔で立ち上がった俺を見上げて。

「トイレ」

なんだか、楓さんは他の三人にはバレたくないような仕草というか、表情というか、雰囲気……。内緒でこっち来て、と言っているような気がした。

だから、本当は尿意など全くないが、そう言ったんだが、

「翔ちゃんトイレ近いね、そのうちゲートボールとか始めそうだね。ぷーっ！　翔じぃちゃん！」

ウザい。

こういう時は反応すると縁司の思うつぼになるから、放っておくのがいい。

俺は縁司を無視して、楓さんのところへ。

「どうしたの」

楓さんは見たこともない顔をしていた。

さっきまでのふわふわしていて紅潮した頰《ほお》も今はなく、少し青ざめているようにも見える。

「あ、あの……、翔くんが一緒に居る男の子って、もしかして、——一ノ瀬縁司くん？」

楓さんの口から出た意外な人物の名前。

でも、縁司ならその辺に知り合いがいてもおかしくはないのか。あいつ、誰とでも友達だし。

「そうだけど。知り合い？」

「そ、そうなんだ……、こっち、来てたんだ……」

俺の質問は届いていなくて、明らかに動揺している。ただの知り合いというわけではないだろう。

もしかしたら、元カノ、だったり……？

縁司は前に人を好きになったことがないと言っていたし、縁司の恋愛話は聞いたことがない。

普段聞いてもいないことをペラペラ話すし、縁司の身の回りのことはほとんど知っているつもりだが、それでも、そういう話は一切聞かない。

だったら、思い過ごしか？

「で、なに。知り合いなの？」

「えっ、……うん。幼馴染《おさななじみ》なんだ。あっでも、私と会ったことは、話さないでほしいんだけど……」

「まあ、いいけど」

地元が一緒というだけで普通そんなに焦るのか。他に何か理由があるんだろうが、聞いちゃいけない雰囲気ではある。気にはなるが。

「イッチー……一ノ瀬くんとは、どういう知り合いなの？」

イッチー、多分縁司のあだ名かなんかだろう。一ノ瀬の一が由来っぽい。

「大学が一緒で、バイトが一緒で、住んでるアパートが一緒。全部偶然なんだけど」

「凄《すご》いね？　じゃあ、友達か」

友達、か。

縁司にはっきりとそう明言したことはない。俺たち、友達だよな。なんて恥ずかしくて言えない。

でも、まあ、友達かな。ウザいけど。

「一緒に居るのは、一ノ瀬くんの彼女……だったり？」

「いや、違うけど。……って、なんで俺の彼女って可能性は聞かないんだよ」

「え、だってコネクトしてたじゃん……？　え、浮気？」

「あ、そういうことか。いや、違う。バカにされてんのかと思って」

「翔くんもかっこいいし、普通に彼女いそうだけどね」

そんなこと、ナチュラルに言われると照れる。

「なに赤くなってるの〜、可愛いな〜」

「お酒のせいだっ！」

からかわれたのは腹が立つが、楓さんがまたいつもの調子に戻ったように見えて少し安心した。

「あのさ、翔くん」

「……？」

「一ノ瀬くんは、こっちで元気でやってるの？」

変な質問だ。まるで、我が子の身を案じる母親のような。

もちろん楓さんは俺と同い年だし、縁司ともそうだ。母親なわけがない。兄弟という線も同い年だからないだろう。

双子だったり……？

いや、苗字《みようじ》も違うし、別に似ていない。

ダメだ。聞かないと決めたけど、気になってしまう。

「なんで、そんなこと気になるの？」

「え、なんでって……」

「気になるんなら直接聞けばいいだろ。別に久しぶりで気まずいとかなら、俺が間に入るしさ」

楓さんは少し悩んだようにも見えたけど、すぐに首を横に振った。

「ダメだよ。私は、一ノ瀬くんには会いたくない。……せっかく忘れられそうだったんだから……」

独り言を呟《つぶや》くように、聞き取りづらい小さな声で。でも、俺の耳には届いた。

まるで、少し前の自分を見ているような気になる。

「忘れる……？」

「……っ、なんでもない。ごめんね、じゃあまたね」

俺にはそれ以上追及されないように逃げたように見えた。

楓さんとは短い付き合いだけど、明らかにあの表情も、声音も、普段はしないものだと感じる。

能天気という言葉がピッタリな印象。悩みなんてない、何かを深刻に悩んだりはしない人だと、そう思っていた。

でも、今のは違う。

あの表情は、あの声音は、俺がよく知っているものだ。

忘れようとしていた。何を、といえばそんなものは話の流れで縁司のことだと簡単にわかる。

縁司は俺がまだ光に未練があることを簡単に見抜いていたが、もしかしたら俺もこんなにわかりやすいものだったのかもしれない。

楓さんは縁司のことをどう思っているんだろう。縁司の気持ちとなるともっとわからない。

あいつ、そういう話しないし。

東屋《あずまや》の方に走っていった楓さんと別れて、俺は三人のところへ戻った。

「ねぇ翔、縁司くんもうダメじゃない？　これ」

光が指さした先には、ぐったりと突っ伏している縁司が「うぅ……」と唸《うな》っていた。

「縁司、酒弱かったんだな……意外。ココロさんは大丈夫ですか？」

「はっ、はい。意外と平気……みたいです」

「私たち二人で平気だから、縁司くん家まで送ってあげたら？」

「そう、だな……」

普通、今日みたいなメンバー構成なら男二人が手分けして他の二人を送るところだろう。

なんで俺が縁司を……とも思うがこれだけ酔いつぶれていては仕方がない。

「じゃあ送ってくるけど、二人はまだここいるの？」

「片づけはしとくから、いいよ。もう少し心ちゃんと話したいし」

「……さんきゅー」

光とココロさん、二人の会話ってなんだ。凄い気になる。でも普通に仲良くなってるし、ただの雑談だろうか。

「レジャーシートとかは……、まあどうにかして返すから」

「わかった。じゃあごめんけど頼むよ。ココロさんも、また」

「はい……！」

光は俺の考えとか、全てを理解してくれているように思う。

流石《さすが》は三年以上の付き合いだ。俺が言う前に片付けのことまで察してくれた。

花見は約三時間ほどでお開きになった。縁司が潰れていなければもう少し続いたとは思うが。

俺は縁司に肩を貸しながら、タクシーを止めて俺たちの住むアパートに向かった。この言い方だと一緒に住んでいるみたいでキモイな。

タクシーに乗っての帰り道、去り際に見せた楓さんの表情が頭から離れなかった。

『今日は楽しかった。心ちゃんとは仲良くなれたから、一応伝えとく』

アパートに着いた頃に、光からＬＩＮＥがきていた。

ココロさんは初対面の光とでも、問題なく仲良くなれたらしい。それは見ていればわかるほどに。

俺より仲良くなってる気すらしたから、今回ココロさんに頼まれたことはしっかりやり遂げられただろう。

「縁司、ここに水置いとくぞ」

タクシーでアパートに着いても、縁司はまだぐったりしていた。

そんな縁司を背中に担いで行って、エレベーターを使おうとしたのだが、タイミングの悪いことに故障中という張り紙が。

幸い縁司が住んでいるのは二階だから助かったが、このアパートは五階建て。多分三階辺りが限界だっただろう。

今は縁司が寝ているベッドの横に座って、少し休憩している。

「翔ちゃん、ごめん。結構はしゃいじゃって」

「いいから水飲め。吐く時は言えよ、袋も横置いてるから」

「うん、ありがとう」

ここまで弱っている縁司を見るのは、これが初めてかもしれない。

いつも余裕綽々《よゆうしゃくしゃく》というか、冷静沈着というか、こんな姿は見せないやつだったし。

「今日は俺の頼みで来てもらったわけだし、これくらいはするよ。お前なりに盛り上げようとか、ココロさんが楽しめるようにしてくれたんだろ」

縁司は、お節介なやつだ。

人を楽しませるのが好きなところがあると、俺はそう思っていて、それが縁司の美点だとも思う。

決して本人には恥ずかしくて言えないが。

「翔ちゃん、本当に変わったよね」

「……、何が」

「少し前まではつまらなそうな人って印象だったんだけど、光ちゃんと再会した時から、変わったよ」

「つまらないって、また俺をからかってんのか」

「あー、違う。翔ちゃんがつまらないんじゃなくて、翔ちゃんが人生をつまらなそうにしているなーって意味」

「紛らわしいな。またいつもみたいにからかわれてんのかと思ったよ」

でも、確かにそうだった。

光と再会する前は毎日退屈で、と言っても大学の課題とかバイトがあるから、別に暇なわけではない。

でも、退屈だった。

楽しいことなんかなくて、朝起きたら学校に行って、帰ってきたら課題してメシ食って寝るだけ。

土日はバイトに行ったり、家でゴロゴロスマホいじったり、本読んだり。

でも最近はそうじゃない。

だから、俺の中で何かが変わったんだろう。

「なんか、羨ましいな。僕も、そうなりたいよ」

「お前毎日楽しそうじゃん。友達いっぱいいて、休みの日だって結構出掛けてるし、インスタ見てたら充実してんなーって思うけど」

「あー、うん。そう、だね」

気分が悪いからだろうか、縁司の表情がどこか辛《つら》そうに見えた。

そのわりにはさっきから難なく話せている。そういえば、この表情どこかで見たことがある。

縁司の暗い表情なんて見慣れていないはずなのに、どうして見覚えがあるのか。

「なに？　そんなにジロジロ見ないでよ。なんか照れるんだけど」

俺が縁司の珍しい表情を見つめるものだから、縁司が頰《ほお》を赤くして目を逸《そ》らした。そのヒロインっぽい感じやめろ。

でも、おかげで気付けた。

この表情、見覚えがあるなんてものじゃない。

少し前の、俺と同じなんだ。

それだけじゃない。あの時の、別れ際の楓さんと、同じ。

「縁司、お前人を好きになったことがないって、言ってたよな」

「え……、うん。あっ、だからって男を好きなタイプだとか思わないでね!? さっきから見てるのそういうこと!?」

「違《ちげ》ぇよぶっ飛ばすぞ!!」

「ご、ごめん。……なんで、そんなこと聞くの?」

俺は縁司に向けていた体を逆方向に向けて、ベッドの側面に背中を預けた。

相手に何かを打ち明けさせたい時は、目を見ずに話した方がいい気がした。俺はその方が話しやすいし、縁司とこういう話するのはなんだか照れるから。

「それ、嘘《うそ》じゃないのか」

「……どうして、そう思ったの」

「勘」

何かを諦めたように一つため息を吐《つ》いた縁司は、ベッドから上体を起こして話し始めた。

「翔ちゃんは時々鋭いよね。普段は鈍感なのに」

「馬鹿にしてんだろお前」

「ごめんごめんっ。……僕ね、ずっと好きな人がいたんだ。小学校から高校までだから、十二年間だね。その子とはずっと仲良かったんだけど、ある日を境に避けられるようになってね。ああ、嫌われたんだって、それが凄《すご》く辛くて、忘れようとした。でも地元はその子との思い出でいっぱいだから、どうしても忘れられなくて、神戸《こうべ》に逃げてきたんだよ」

今、縁司は弱っている。

人は弱っている時、普段ならしないような行動だってしてしまうことがあるらしい。正常な判断ができないからだ。

俺はそれを利用して、普段の縁司なら話さないようなことをこうして聞いていて、罪悪感もあるが興味が勝った。

俺は他人にそこまで興味を持つことはないのに、なぜだろう、縁司の過去が気になっている。

楓さんが言うように、……友達だから？

「どんな子だったんだ、その子」

「うーん、ふわふわしてるんだけど、しっかり自分の考えがあって、実は結構頑固なところがあってね。能天気に見えて、実は誰よりも色々考えてて、陰で努力を惜しまない、そんな子かな」

まるで、楓さんみたいだと思った。

縁司はまるで昨日のことのようにすらすらと、その女の子について話してくれた。多分、光と再会する前の俺も、同じだった。

光との日々を、昨日のことのように思い出せていた。別れた日から、ずっと時間が止まっていたように感じていたから。

「今でもその子のこと、好きなんじゃねぇの？」

「……ないない。だってもう、二年は会ってないんだよ？」

そうだ。俺も、そう思っていた。

一年も会ってないんだから、もう好きなわけない。

俺が好きでも、アイツはそうじゃないって、そう思って、その気持ちを確かめることをしなかった。

「じゃあ仮に、仮にだ」

「……？」

「その子がお前のこと好きだってわかれば、どうなんだよ」

振り向くと、縁司は薄《う》っすらと笑っていて。

「そんなこと、あるわけないじゃん」

最後まで、縁司は自分の気持ちは言わなかった。


少し休憩した頃には縁司も随分楽になっていたようで、俺は自分の部屋に帰ってきた。

帰ってきて数分、スマホに一件の通知が来た。楓さんからだった。

『翔くんに、お願いがあるんだけど、いいかな？』

遠慮がちなそのメッセージ。お願いの内容について、俺には心当たりがあった。

そのお願いが俺の想像通りだとしたら、俺の答えは決まっている。

『お願いって？』

『ああは言ったけど、やっぱり私とイッチーを会わせてくれないかな？』

想像通りだ。

だったら、もう答えは決まっている。

縁司の言っているずっと好きだった相手は、多分楓さんのことだと思う。

楓さんだって、あの反応は縁司のことをただの同級生と見ていないのは明らかだ。

だったら、俺が縁司にしてもらったように、チャンスを作るべきじゃないのかと、そう考えた。

俺が光と再会して、傘を返すためにまた会って、それでも関係は変わらなくて、後で聞いた話だが、縁司が晩飯の約束をドタキャンしたのは、俺と光を会わせるためだったらしい。おかげで、今がある。

だったら、次は俺の番だ。

楓さんと縁司、二人を俺が繋《つな》ぐ。でも、そこからは二人の問題。

俺は口出しできないし、するつもりもない。

縁司が二年間も後悔していたなら、きっと本音を言えるはず。あいつなら、俺のように強情じゃないし、きっと大丈夫だ。

『わかった。場所と日時はまた連絡するよ』

二人を再会させる。

そう決めたはいいが、自分の決断に違和感を覚えた。

俺、友達のためにこんなことするの、初めてかもな。

縁司はいつも俺をからかってきてばかりで、正直ウザいと感じることはよくある。でも、光の時の恩があるし、まあ、そうだよな。

これは、ただしてもらったことを返すだけだ。

四話　思いやりとお節介は紙一重。

三ノ宮《さんのみや》駅中央口。ここに来ると、あの日のことを思い出す。光《ひかり》と本音を話し合った日のこと。

あの日から光との関係は変わった。

もちろん、良い意味で、だ。

別れた時のことを謝れていなくて、そのことがずっと引っ掛かっていた。それが無くなったのは、縁司《えんじ》のおかげだ。

だからその恩返しをするべく、俺は今ここにいる。

おそらく縁司が好きだった楓《ふう》さんと、同じ日、同じ時間、同じ場所に呼び出す。縁司の使っていた手法だが、これが手っ取り早い。

どうせお互い好き同士なんだから、会ってしまえばそれでいい。

愚かにも俺は、そんな安直な考えでいた。

改札の向こうからやってくる楓さんが、セボンイレボン前の縁司に気付き、立ち止まる。

俺はそれを遠くから見ていた。

縁司も、数秒で楓さんに気付いたのだろう。表情が、一変する。

「イッチー」

「楓……ちゃん？」

遠くからでもわかるほどに、縁司が動揺している。それがどんな意味を持つ動揺なのかは、俺にはわからない。

一方の楓さんは、離れた場所で見ている俺に一瞬だけ視線を向ける。いくらか普段よりも表情が強張《こわば》っている。

会わせてほしいとは言ったものの、実際に会ってみると緊張している、といった印象。

「——、翔《しょう》ちゃんの仕業か……」

縁司が辺りを見回して、視線の先に俺を捉えた。

縁司の表情が、あの日、神社の横道で見せたような縁司らしくない怒気を感じさせる表情になっていて、でも、あの日とは全くの別物。

今回は、本物だ。

縁司の本気で怒っているところなんてこれまで見たことがなかったから、その表情に気《け》圧《お》されてしまう。

「どういうつもりだよ」

「……な、なに怒ってんだよ」

「どうやって楓ちゃんのこと知ったのか知らないけど、勝手なことしないでよ」

「なんだよ、俺はお前のことを思って……」

「お節介だって言ってるんだ……!!」

普段の縁司を忘れてしまうほどの怒気、怒号。

俺はただ、縁司が本当に望んでいることをしてやりたかった。

だって、俺たちは……。

「僕は君みたいに引きずってなんかいないし、今に満足してるから……!!」

「で、でも俺たち……アレだし……縁司のためを思っ――」

「――放っておいてよ。君には、関係ないだろ」

何も、言えなかった。

縁司は改札から出てきたばかりの楓さんを横切って、帰っていく。

俺には、その背中を追うことはできなくて。

「大丈夫?」

楓さんが、俺の肩に手を置いた。

「ごめん、俺が二人を会わせたから……」

俺は馬鹿だ。

俺ならなんとかしてやれる、俺は縁司の友達なんだから、これくらいやってやるか、一肌脱いでやるか、そうやって勝手にやる気になって。

本当の事情なんて何も知らないのに、憶測だけで行動に出たばっかりにこんなことになった。

縁司が、俺のことを『君』と呼んだことに、心の距離を感じた。

いつもは翔ちゃん翔ちゃんって、犬が尻尾振るみたいに寄ってくるのに、俺はそれがウザいって思ってたはずなのに。

「イッチーは怒ってたけどさ」

「……」

「私は、やっぱり久しぶりに会えてよかったな～って、思ったよ。ごめんね、私が会わせてって言ったから……」

そう言ってくれても、結果は最悪だ。

俺のせいで、二人の関係は悪い方向へと変わってしまった。

それだけじゃない。俺と縁司の関係だってそうだ。

正直、明日から縁司とどんな顔して会えばいいかわからない。

「楓さん、ごめん」

それだけ言い残して、俺はその場から離れようと歩き出す。

行くところなんて特にないのに離れようとするのは、楓さんに申し訳なくて、すぐにでも逃げ出したかったからだ。

楓さんが俺を心配するような声音で何かを言っていたけど、内容までは俺の耳には届かなかった。

とにかくその場から離れたくて、逃げたくて、足早に去る。

俺はただ、してもらったことを返そうとした。義務感からじゃない。

――友達だから。

友達だから、縁司の役に立ちたかった。

友達だから、縁司に喜んでほしかった。

友達だから、縁司の悩みを解決してやりたかった。

でも、それは全部余計で、縁司はそんなこと望んでなくて、俺は縁司を無駄に苦しめるようなことをしてしまった。

これでは、友達とは言えない。

高校時代だって、光と仲良くなるまで俺には友達ができなかった。そもそも作ろうともしていなかったというのもある。

光がいなければ、俺はずっと独りだったかもしれない。

そんな俺にも、初めてちゃんと友達だって言える存在ができた。

始まりはバイト先に縁司が入ってきた時だ。

初日で既に他のバイトとも馴染《なじ》んでいて、俺にも絡んできた。

最初はテンション高いし距離感近いし、鬱陶しいヤツだなとしか思わなかった。

帰り道も同じだからとついてくるし、大学でも昼休みになると一緒に昼飯食おうって寄って来るし、いつも縁司がいたから、俺は独りにはならなかった。

でも、今は――。

「――翔じゃん、なにやってんの」

正面から掛けられた声に反応して、顔を上げる。

ずっと下を向いて歩いていたし、心ここにあらずだったから、気付かなかった。

「――、光」

「前から、見るだけで運気の下がりそうな辛気くさい顔の男が……って思ってたら翔じゃんって、びっくりした」

「はは……、ごめん」

「……？　なにかあったの？」

どうしてだろう。光の顔を見ると少し泣きそうになった。

いつもの光らしい悪口に、どこか安心する。

三ノ宮駅前の交差点。こんなに人目の多い場所で泣くわけにはいかない。そうじゃなくても友達と喧嘩《けんか》して泣くなんて、子供かよ。

「別に、なんもねぇけど」

「なにもないならもっと元気そうな顔しなさいよ、ちょっと心配したじゃん」

心配、か。

思えば再会してから随分と関係も変わったように思う。

再会したばかりの時は、そのまま病んで天に召されなさいとか言いそうな勢いだったのに、今ではこれだ。まあ、そこまで酷《ひど》いことは流石《さすが》に言わないだろうけど。

まだ二か月も経《た》っていないのにここまで関係を修復できたのも、縁司のおかげなんだな。

「いや、ごめん。次からは元気そうな顔しとくよ」

「そんなに素直にならないでよ、調子狂うじゃない」

「どうしたらいいんだよ……」

光は花見の時ほどお洒落《しゃれ》をしているというわけでもなく、黒のスキニーに白のレギュラーカラーシャツをインしていて、肩にはトートバッグを持っていた。

「光、なんでいんの？」

「バイト帰り。そこのスタベなの。言ったでしょ？　ほら、コネクトで」

「あー、そんな話したな。アカリさんと」

「憶《おぼ》えていてくれて光栄です。カケルさん」

おどけて言う光。今の俺には、ありがたいテンションだ。少しは、明るい気分になれるから。

「翔はどこ行くの？」

「別に、……ちょっとぶらついてただけ」

「ふーん」

特に行きたい場所があってここに来たわけじゃない。

縁司と楓さんを無事に会わせることができれば、俺はすぐ帰ろうと思っていた。

でも、そう上手《うま》くいかなかった。だから逃げてきただけ。

まだ、駅には楓さんがいるかもしれない。会いたくない。会えば罪悪感が募るだろうから。

今こうして離れても、耐えきれないほどに感じている。

俺は、心が弱いな。

「信号青になった。ほら、行くわよ」

「……？　どこに？」

「暇なんでしょ、行きたいところあるから付き合って」

光は俺の意思確認もせずに歩き出す。早足でずんずん先に進んでいくものだから、ついていくしかない。

「おい、どこに行くんだよ」

「そうね、まずはお昼ご飯。朝から働いてたからお腹空《なかす》いたの」

「光は飯食った後でも腹減ってるだろ」

「そうね。大食いタレントでも目指そうかな？　私普通に可愛《かわい》いと思うし、人気出そうじゃない？」

「自分で言うな」

お昼ご飯を食べる場所は、打ち合わせたわけでもないのに互いに何も聞くことなくいつものカフェへと足が向かって行った。

森のようなカフェ。

俺たちのコネクトでのアイコンにもなった、オムライス。

他にもパスタやサンドイッチと、メニューは充実しているが、やはり俺たちは。

「「オムライスでお願いします」」

流石、相性九八パーセントは伊達《だて》じゃない。

「ハモってんじゃねぇよ」「ハモってんじゃないわよ」

「「……」」

互いを睨《にら》み合う。

憎たらしくもあるが、どこか安心する。

今日光に会えてよかった。会っていなければ、俺は今どうなっていただろう。

精神面に大きなダメージを受けていたかもしれない。

「オムライス食べたら、次の目的地に行くわよ」

そう言ってから一口、オムライスを頰張《ほおば》って「ん〜！」とまるで初めて食べたようなリアクションをしている。お前、このオムライス食うの何十回目だよ。

「次って、どこに？」

そう言ってから俺も一口頰張って。

「美味《うま》っ」

「初めて食べたみたいなリアクションしてるけど、そのオムライス食べるの何十回目なのよ」

同じ感想を言うんじゃねぇよ。

「光よりは食ってる。多分二〇回くらい。で、どこ行くんだよ」

「じゃあ私は二一回。内緒」

「いや、俺本当は二二回だった。なんだよ、勿体《もったい》ぶるなよ」

「あっ、私二三回だったわ。いいでしょ、どこでも。どうせ暇なんだから」

「やっぱ俺二四回。暇って決めつけるなよ」

「やっぱってなによ。張り合わないでくれる？　子供っぽいわね」

「先に張り合ってきたのは光だろ。どっちが子供なんだか」

再度睨み合う。

「「ムカつく！」」

どうして、俺たちは会う度に喧嘩になるのだろう。でも、今はこの口喧嘩が支えになってくれている。

一人だったら、自己嫌悪して辛《つら》かっただろう。

こうして光と話している間は、さっきのことを深く考えなくても済んでいる。深く考えた方がいいことなのはわかっているが、今は時間を置いて落ち着きたかった。

「さっ、食べ終わったし行くよ」

「早っ、ちょっと待って。俺まだだから」

「遅いわね。それでも男？」

「光と比べるな。俺が遅いんじゃなくて光が早すぎるんだ。ちゃんと噛《か》んでんのかよ」

「失礼ね。オムライスは飲み物でしょ」

「カレーだろそれ。普通に引くわ……」

「冗談に決まってるでしょ⁉ ちゃんと噛んでるもんっ‼」

「わかったから大きい声出すなよ。他のお客さんに迷惑だぞ、子供か」

「ムカつく……‼」

「へっ」

したり顔で煽《あお》ってやると、悔しそうに頰を膨らましている。その表情を不覚にも可愛いと思ってしまったから、実際のところは俺の負けだな……。

オムライスも食べ終えて、次の目的地とやらに向かう。

次の目的地はカフェから大凡《おおよそ》五分ほど歩いた場所で、付き合っていた頃は学校帰りによく行った場所。ラウンドツー。

　ラウンドツーの中にはダーツ、ビリヤード、ボウリング、ゲームセンター、カラオケ、と色々ある。

「カラオケ久しぶりだ〜！　何歌おうかな〜」

　色々ある中で光が選んだのは、カラオケだった。

「なんで、カラオケ？」

「なに、文句あるの？　最近来れてなかったから来たかったの」

「いや文句ではないけど、別に一人でも来れるんじゃないか？　てっきり男手が必要なところに連れていかれて、こき使われるのかと思ってたから……」

「私は翔みたいに一人でカラオケ来るようなボッチじゃないから。普通カラオケっていうのは誰かと来るものなの。でも生憎《あいにく》今日は翔しかいないから、仕方なくよ」

「色々ムカつくな」

　光は好きなバンドの曲を三曲連続で歌い、ようやく俺にデンモクを渡す。

　高校生の時から光は歌が上手《うま》い。それは今も変わらずだった。

　俺は歌が下手な方だと思うが、歌うのは好きでよくカラオケには来る。

　でも、一人で。

縁司にも何度か誘われたが、「翔ちゃん下手だね～」とか言って爆笑されそうだったから毎度断って、密《ひそ》かに一人カラオケで練習していた。でも、もう練習する必要もなくなってしまったかもしれない。

「曲入れないの？　だったら私が選曲してあげる」

渡したばかりのデンモクを俺から奪い取り、ニヤニヤしながら曲を選んでいる。嫌な予感しかしない。

「変な曲入れんなよ」

「私に任せなさいって」

光が選んだのは、最近流行《はや》りの曲。

人気アニメのオープニングになっていて、サビで大きく盛り上がる曲だ。普通の曲で安心した。

「光、このアニメ観《み》てたんだな」

「当たり前でしょ？　全人類観てるわよ。まさか翔観てないの？　だとしたら人間じゃないけど」

「観たから人間だ。その煽り、俺が長男だから許してやれるけど、次男だったら許せてないからな？」

「アンタ一人っ子でしょ」

上手くはないが、それなりに一生懸命歌った。光はリズムよく体を揺らしたり一緒に歌ったりしてくれる。

俺のことをよく馬鹿にしてくる光だが、俺が本当に傷つくことは言わない。今まではそうだった記憶がある。……多分。

イジリは親密になるための、光なりの気遣いなのだろう。俺がどれだけ下手に歌っても、一度も音痴とは言わなかった。俺が気にしていることを理解している。……多分。

相手が本当に嫌がるイジリはしない奴《やつ》だ。……多分。

光は、やはり俺のことをよく知っている。流石《さすが》は三年以上も付き合っていた元恋人というところだ。

「ポテト頼むけど食べる？」

「さっきオムライス食っただろ」

「先生、ポテトは別腹に含まれますか？」

「含まれません。あれはジャガイモです」

「え？　揚げたらカロリーは熱で消えてく？　じゃあヘルシーだしいくら食べても平気だね！　やった！」

「こいつ話聞いてねぇな……」

そんな茶番も交えつつ、二時間が経《た》った。

部屋を出る時間になる頃には、俺は大きい声を出しすぎて少し喉を傷めてしまっていた。

「さっ、次行くわよ！」

「まだあんのかよ」

次に向かったのは、同じ建物内のボウリング場。

「なんでボウリング？」

「いいでしょ、久しぶりにやりたくなったの。負けた方がジュース奢《おご》りね」

「はいはい」

カウンターで受け付けてもらって、ボウリング用のシューズを借りる。

「あれ、足デカくなったの？　昔は二七・五センチじゃなかったっけ？」

「ああ、二八センチになったんだ。つーか、身長も伸びてるのにそっちは久しぶりに会った時言わなかったよな」

「あー、言われてみればちょっと伸びた……かも？　何センチ伸びたの？　昔は一七六センチだったよね」

「今は一七七センチ。一センチ伸びた」

「そんなの誤差でしょ、威張るな」

「高校卒業してから伸びる一センチは大きな差だ！」

「うっさい、行くわよ」

ボウリングは俺が勝利した。

ムキになった光は、次にビリヤードで勝負を仕掛けてきたが、それも俺が勝利。

「ムカつくーっ！」

吠《ほ》えながら、ゲームセンターでいくつかのゲームで対戦したが、それも悉《ことごと》く俺の勝利に終わった。

「今日は手を抜いてただけだから……」

「はいはい、負け惜しみはみっともないぞ」

「ムカつく……」

光は頬を膨らましながら自販機にお金を入れて、一歩下がって親指で太々《ふてぶて》しく指をさす。

「ごち〜」

「次は負けないもん」

「で、これで終わりか？　もう夕方だけど」

「あと一つだけ。これで終わりだから」

光に連れられて、電車に乗る。

着いたのは神戸駅《こうべ》。ココロさんと来たことのある海辺の街だ。

「行きたいところって、船かよ」

港町の神戸らしく、いくつか遊覧船が出ている。

洋風の船もあれば、和風の船もあるし、江戸時代風というか、時代劇とかに出てきそうな船もある。

俺たちはその一つ、洋風の船ロイヤルプリンセスという船に乗った。

「見てよ、夕陽《ゆうひ》の時間を狙ったんだ〜。これで二〇〇〇円もしないし、一度乗ってみたかったから」

「綺麗《きれい》だな」

ちょうど夕陽が沈み始める時間帯で、オレンジ色が海に反射している。神戸に住んでいるのに、遊覧船に乗るのは初めてだった。

「海見てたら、自分ってちっぽけだな〜って思わない？」

「……？　まあ、だな」

光は身を乗り出して、「わー！」と叫んで笑う。

「翔も叫んでみなよ、案外気持ちいいかもよ？」

楽しそうに笑う光を見ていると、こっちまで楽しくなってくる。

海は広いな。俺が抱えている悩みなんて、なんてちっぽけなんだろうと、今はそう思える。

「いや、いいよ。光が叫んで周りに結構見られてるし恥ずい」

「ちょっと、まるで私が子供みたいな言い方やめてくれる？」

「間違いじゃないだろ」

「おいっ。……あっははは」

なんで、わかってしまうんだろうな。

「光、ありがとう」

俺が何かに悩んでいるということも。

「ん～？　別に私は自分の行きたいところに翔を連れ回しただけだよ」

そうやって光が俺を気遣っているということも。

「昔さ、翔が真剣に悩んでることがあるって、言ってた時があってね」

「……？」

「何に悩んでるのか聞いたら、お爺《じい》ちゃんが毎朝玄関先まで行っててらっしゃいって言いに来るのが恥ずかしいって」

「あー、あったな、そんなこと」

「翔のお爺ちゃんって本当面白いよね。私、また会いたいな〜」

「まあ、来たらいいんじゃないか。爺ちゃんも喜ぶよ」

「じゃあ今度行こうかな。その時はついてきてね、久しぶりだし、なんだか緊張するから」

「……わかった」

光はこちらへと向き直り、備え付けの長椅子に座る。

隣に座れという意味だろう、自分の横をトントンと叩《たた》いた。

俺は無言でそれに従って。

「何か、悩んでることがあるんでしょ?」

「……なんでわかった?」

「わかるよ。何年彼女やってたと思ってんの?」

やめろよ、弱ってる時に、優しくするなよ。

再会してから、そんな優しい声で話したことなかっただろう。今、優しくしないでくれよ。

「翔って結構わかりやすいからね。元カノじゃなくても大体わかるよ、多分。知らんけど」

「知らねーのかよ。……ははっ」

「まあ、話聞くくらいならしてあげるし、私にできることがあるなら、協力してあげる。……タダとは言わないけど」

「金取んのかよ」

「馬鹿ね、気遣いでしょ？　タダで何かしてあげたら、何か裏があるんじゃないかってアンタ疑うでしょ？」

「疑わねぇよ。光が優しいのは知ってる」

そうだ。昔からそうだった。

俺が落ち込んだら誰よりも早く気付いて、味方になってくれた。傍《そば》に居てくれた。話を聞いてくれた。

「ちょ、……照れるからやめろってばよ～……」

「なんだよその語尾」

「うっ、うっさい！」

顔を逸《そ》らしながら肩にグーパンチを浴びせてくる。まあまあ痛いんだけど？

「心《しん》ちゃんと何かあったとか？」

「いや、ココロさんじゃないよ」

「じゃあもう縁司くんしかいないじゃん」

「俺の交友関係がその二人しかいない前提で話すのやめてもらえる？」

「えっ、違った？」

「いや……、そうだけど。喧嘩《けんか》した」

「ほら、そうなんじゃん？」

「ムカつく……」

勘のいい元カノだ。いや、勘が良いのではなく、付き合いの長さからなんでもお見通しなのだろう。

「翔は昔から孤高っていうか、一人が好きだったよね」

「そうだな……」

独りが苦痛に感じることなんてなかったし、今も独りになるのが恐くて落ち込んでいるわけじゃない。

「縁司くんみたいなタイプと仲良くなってるの、凄《すご》く意外だった」

「俺も、ああいうタイプは苦手だと思ってたよ」

「だよね」

「でも、アイツと居ると楽しいんだよ。鬱陶しいって感じることもあるけど、それでも、もう前みたいな関係には戻れないかもしれないって思ったら、なんつーか……あれだよ、うん」

「辛《つら》い？」

「……まあ、そんなとこだ」

「なに照れてんのよ。本人いないんだしぶっちゃければいいでしょ」

光には、全部バレてしまう。

光と別れて、後悔することが数えきれないほどにあった。

小さな思い違いから始まって、最後には言っちゃいけない酷《ひど》い言葉をぶつけてしまった。

言ってしまったことを後悔したし、すぐに謝れなかったことにも後悔した。

だから、もう後悔したくなくて、思ったままに、自分の信じるように行動しようと心がけた。

でも、結果はこのザマ。

もう、大切な人間関係を失って、後悔するようなことにはなりたくない。光とのことで学んだはずだ。

それでも、俺だって譲れないものがある。

「君には関係ないだろって、そう言われたんだ」

「……？」

「俺が縁司のためを思ってやったことが、縁司には迷惑だった。その時に言われたんだ。放っておいてくれって、関係ないだろって。俺は、確かに縁司にとって迷惑なことをしたのかもしれない。でも……！」

でも、それでも、あの時言われたことだけは、納得いかない。

「──俺たち友達なんだよ。関係ないわけ、ないんだよ」

隣に座る光は、何も言わない。

俺は独り言を話すように、正面の海を視界に捉えながら。

「俺、そんなに友達沢山いるわけじゃねぇからさ、わっかんねぇんだけどさ、やっぱり変だろ。友達だったら普通関係ねぇとか言わねぇだろ」

「……そうね」

「あー！　なんかムカついてきた！　アイツ、絶対謝らせる！　そんで、俺も謝る！　それで全部元通りだろ！」

「……ぷっ」

俺が立ち上がって両拳を強く握っていると、隣に座っていた光が堪《こら》えきれずに噴き出した。

「なに笑ってんだよ」

「だって、なんで翔が怒ってるのって思って……、あっははは っ!」

「なにがおかしいんだよ。そんな腹抱えて笑わなくても……」

「翔、友達と喧嘩したことないでしょ?」

目尻の涙を人差し指で拭いながら、まだ笑いを堪えている光。

確かに、誰かとこうして喧嘩するようなこと、今までなかったかもしれない。

俺が喧嘩する相手なんて、爺ちゃんか母さんか光くらいだったたし。

同級生の友達とかは、喧嘩になるほど親密ではなかった。

街ですれ違っても、俺からは声をかけないし、逆に声をかけられても戸惑ってしまうくらいの仲のやつばかりだ。

久しぶりだな、以外に何話せばいいんだよってなるし。

俺は、喧嘩できるほど友達と仲良くなったことがないんだ。

「あー、俺初めてちゃんと喧嘩したわ。結構一方的に怒られて終わったけど」

「じゃあ、喧嘩した後にしなきゃいけないことはわからないんじゃないの?」

「馬鹿にすんなよ。それはよく知ってる」

言ってから、失態だったと深く反省した。

喧嘩した後は、ちゃんと謝らなければいけない。

子供でも知っていることかもしれないが、俺にそのことを教えてくれたのは、今こうして話している光なんだ。

光も自分が関係あると察したのか、目が俺の足元辺りで泳いでいる。もちろん、俺も気まずさから逃げるために意味もなく空を見ている。

気まずい。

「まあ、わかってるんなら……、縁司くんも意地っ張りじゃないだろうし、仲直りできるんじゃゃない？」

「そうだな。でも、ダメだ」

「……？　なにが？」

俺は縁司と対等でありたい。とは言っても、本来謝るべきは俺だ。それは重々承知している。

でも、あれが縁司の本心なら、だ。

俺はどうしても、縁司が少し前の自分と同じに見えてしまう。それは勘違いではない。

俺だからわかる。

俺も過去の恋愛で大きな後悔を残しているから、一緒だから。

それに、俺は縁司の、友達だから。

友達だから、わかる。

「とりあえず、縁司と楓さんの関係を調べる！」

「誰よ楓さんって」

「そうだ！　俺って意外と不器用だし他人の恋愛とか難しいし、光、協力してくれよ」

「ちょっと待って、一人で盛り上がらないでくれない？」

「あーもう面倒だな。付き合い長いんだし、何考えてるかなんて大体わかるだろ？」

「アンタねぇ……」

「とりあえず、せっかく乗ったこの遊覧船を楽しんで、それからだ！」

「説明しろっ！」

「いてっ！」

流れで言えば、最初と何も変わらない。

俺は縁司のために、余計なことをする。

それを縁司が迷惑だって感じるかもしれない。でも、やる。

ただし、今度は慎重に。

「光、協力してほしいことがあるんだ」

「まったく……、まずは説明。よっぽどのことじゃない限り、手伝ってあげる」

「ありがとう」

絶対に迷惑だなんて言わせてやらない。

関係ないなんて言わせてやらない。

縁司が俺に言うのは、ありがとうとごめんだけだ。

そして、俺も縁司に言う。ごめん、それから、ざまぁみろやっぱり俺の思った通りじゃねぇか、と。

性格悪いな、俺。

でも、絶対に言わせるし言ってやる。

「で、結論から言って何するの？」

さあ、初めての喧嘩でもしようぜ、縁司。

「――お節介！」

五話　メンタリストでもわからない気持ちはある。

「なるほどね、楓《ふう》さんか」

「そう。光《ひかり》はどう思う？　やっぱり両想《りょうおも》いだよな？」

「うーん、昔はそうだろうね。でも今はどうだろう。楓さんは可能性高そう」

事のあらましを伝えると、光は楽しそうに思案顔になった。

光は昔からこういう恋愛のゴタゴタが好きだったな。

クラスメイトの恋愛事情のほとんどには、首を突っ込んでいる恋愛オタクだった記憶がある。

「面白そうだから、私も一枚嚙《か》むことにするわ。もちろん、二人の関係が悪くなるようなら手を引く。それは翔《しょう》もだからね。約束して。本人から聞くのが手っ取り早いけど、そこはかなり慎重にした方がいいわね。人の恋愛に首を突っ込むってことはそれだけリスクがあるの」

流石《さすが》、プロは言うことが違うっすわ。

「わかった。俺はそういう線引き苦手だし、頼むよ」

「任せて。とりあえず、翔」

「……？」

光は嬉《うれ》しそうに人差し指を立てて。

「二人の地元に行くわよ！」

「いやいや、行ってどうするんだよ。なにもわかんねぇだろ」

「何言ってんのよ。現場百回！　とりあえず行ってみないとわからないでしょ」

「刑事じゃないんだから……」

と、いうわけでよくわからないうちに決まってしまった。

縁司《えんじ》の地元は前に聞いたことがある。

光もそれは本人から聞いたことがあるようで、行く気満々だ。本当に何考えてんだか。

ちょっと楽しんでるし。

俺たちは来週の土曜日に約束をして、この日は別れた。

色々あった、激動の一日だった。

今日のことがあって、俺は周りの人間に支えられているんだと自覚する。

だから、失いたくない。

そのために、やれることをやろう。

縁司と喧嘩《けんか》した日の翌日。

今日は日曜日で、毎週日曜日はバイトの日にしている。そして、シフトは縁司と被《かぶ》っているから会うことになるだろう。

そう思っていた。

「あれ、店長、縁司は？」

「あー、一ノ瀬《いちのせ》君なら体調不良だよ。熱があるみたいだった。本人は責任感強いし一度来たんだけど、人数も足りてたから休むように言って帰ってもらったの。何も聞いてないの珍しいね？」

「あー、まあ……」

喧嘩中なんで。とかはもちろん言えない。

大丈夫だろうか。一人暮らしだし、何かあっても誰も気付かないまま……なんてこともあり得るし、様子を見に行ってやりたいが……。

「気まずいよなぁ……」

とは思いつつも、無意識に帰り道のコンビニでゼリーとスポーツドリンクを買ってしまった。

行くしかなくなってしまった。というか、何か理由がないと会いに行くのが億劫《おっくう》だったから、言い訳にちょうどいい気もする。

アパートまで帰ってきた頃には、夕陽《ゆうひ》が景色をオレンジ色に染めていた。

渡すもの渡したら、さっさとずらかろう。

縁司の部屋の前まで来ると、さっきよりもずっと緊張する。手が少し震えていた。

インターホンを押すと、部屋の中から扉を隔てていてもその音が聞こえてきた。

鳴った。鳴らしてしまった。もう逃げられない。

あれ、なんだこれ。

喧嘩した友達と会うのって、こんなに緊張するのか。新しい発見だ。とか言ってる余裕はないわけだけど。

まるで好きな女の子の家を訪れたような……、って、縁司は男だろ！　おいっ！

なんて一人で脳内漫才をするくらいにどうかしている。

でも、インターホンが鳴ってから随分時間が経《た》っても縁司が出てくる気配はない。

出かけている、わけがない。

だってあいつ今、体調が悪いんだろ。

だったら、居留守？

気まずいし、あり得る。

念のためもう一度押してみるが、反応はない。

病院に行っている可能性もあるのか、そう考えて踵《きびす》を返した時、縁司の部屋の中から物音が聞こえた。

「いるんじゃねぇか」

しつこいと嫌われるかもしれないが、俺は扉を直接ノックして。

「おい、居留守してんじゃねぇよ」

それでも、返事はない。

扉の向こう側にまだ居る。そんな気がした。

「体調悪いんだろ。なにがいいのかわかんねぇから、とりあえずゼリーとスポドリ買ってきた。開けてくれないか？」

その言葉を受けて、扉はゆっくりと開いた。

中からおでこに冷却ジェルシートを貼った縁司が顔を見せる。

顔が少し火照っていて、目線は俺ではなくアパートの廊下。気まずいからだ。

俺も、もし縁司が俺を見ていたら目を逸《そ》らしてしまうと思う。目を合わせるのが気まずい。

「……ありがとう、入って」

「おう」

縁司は部屋に俺を招き入れた後、そのままベッドに腰かけた。

縁司の部屋にはよく来ているが、今日はどうも部屋が荒れていた。

人間のメンタル状況は部屋の散らかり具合でわかるという話を聞いたことがあるけど、もしかすれば俺と喧嘩したことで荒れているのかもしれない。

「洗い物、溜《た》まってんな」

買ってきたものを縁司の前にあるローテーブルに置いてから、食器洗いを始めた。

キッチンに立っていると縁司に背を向ける形になるし、ちょうどいい逃げ道になった。

「……ありがとう」

「気にすんな」

カチャカチャと食器の擦《こす》れる音だけが部屋を支配していて、俺たちはずっと黙っている。

というより、話せなかった。

その空気に耐えられなくなって、水道の音に頼る。

さっきまでの音に、水道の音が追加されても、やはり気まずい。

これ、食器洗いが終わったらやばいな。

「今日、ごめんね。急に休んで。大丈夫だった？」

意外にも、縁司から言葉を発した。

どんな顔をしているのかは見えないが、明るい表情をしていないのは声色からも明らかだ。

「まあ、大丈夫だよ。田中《たなか》さんが頑張ってくれたし」

「そっか」

また、沈黙。

少し前まで、翔ちゃん翔ちゃんって寄ってきて、いつも俺をからかって遊んでいたのに。

たった一回喧嘩しただけで、ここまで気まずくなってしまう。

でも、仲直りだってできる。それが友達だろう。

「メシ、食ったのか」

「食欲なくて……、でもゼリーなら食べられそう。だから助かったよ」

「おう」

「……ねぇ」

「……ん」

背後から、縁司がベッドに寝ころんだ音がした。

少し間を置いて、縁司は言う。

「なんで、楓ちゃんと知り合いなの？」

「それは……」

マッチングアプリは、やっていることをバラされたくない人が多い。

俺は別に聞かれたらやっていると答えられるが、大体の人は仲の良い友達くらいにしか言わないものだと聞いた。

だったら、勝手に楓さんがマッチングアプリをやっていることを縁司に開示してもいいものなのか。

「言えない」

「……コネクトか」

「前から思ってたけど、俺の心の中見えてるよな？」

「やっぱりそうなんだ」

「お前、カマかけたな」

「翔ちゃんがわかりやすいんだよ。……ふふっ」

「うっせーな、笑うんじゃねぇよ。……はははっ」

少し、空気が変わった。

もう、食器洗いも終わる。

ずっと頼ってきたこの音にも、もうおさらばだ。この音が無くても、もう大丈夫な気がする。

喧嘩したって、俺たちは友達なんだから、会って話せば仲直りできるんだ。

「本当に、余計なことだったか？」

皆まで言う必要はない。

縁司も、なんの話をしているのかは理解しているはずだ。

俺の言葉に、縁司の返事はない。

食器洗いを終え、タオルで手を拭いてから縁司の方を向いた。

縁司は俯《うつむ》きながら、少し微笑《ほほえ》んでいるように見える。

「僕のためを思ってくれたんだってことはわかるよ。でも、やめてほしいって思ったのは本当。……もう、傷つきたくはないんだ」

最後だけ小声で、独り言《ひとりご》ちるように。

俺の耳には届いたが、その真意はわからない。

「なんだよ、傷つきたくないって。縁司と楓さん、付き合ってたってわけでもなさそうだし、昔になにがあったんだ？」

「なにも、聞いてないの？」

「幼馴染《おさななじみ》ってことくらいしか……」

「そっか。……僕はずっと、楓ちゃんが、好きだった。でも、今は違う。僕はフラれたんだ。だから、もう楓ちゃんには会いたくないんだ。……辛《つら》いことを思い出しちゃうからね」

「……忘れたいってことか？」

「そう。だから、会わせないでほしい」

縁司の表情は、暗い。

花見の日、去り際に楓さんが見せた表情と似ている。それに、楓さんの言っていた『忘れたい』という言葉。

俺にはどうしても、昔も今も、二人が想い合っているようにしか思えない。

「忘れたいってことは、今も好きなんじゃないのか？」

「もう二年だよ。……そんなわけないでしょ」

「お前は自分が恋愛で後悔してるから、俺を見て同じようにならないようにって、光と会わせようとしたんじゃないのかよ」

「……、違うって言ってるでしょ」

どうして、本音を隠すんだよ。

俺には、全部言っちまえよ。

友達なんだから、なんだって言っていいんだよ。

そう声に出せたらよかったのだろうけど、できなかった。

「俺、そろそろ帰るわ。他にも何か必要な物があったらＬＩＮＥしろよ。さっさと治さないとだし」

本当はまだまだ聞きたいことはある。でも体調が優れない縁司に無理をさせることになるから。

また、元気になってからでも遅くない。

「うん」

玄関先までふらつきながらも見送りに来た縁司は、肘を抱えて、壁にもたれかかっている。結構辛そうだ。

「ちゃんと寝ろよ。バイトのことなら気にしなくてもいいから。シフトは俺が代わっとく」

「……ありがとう」

「じゃあな」

閉まっていく扉の隙間から縁司が見えなくなっても、俺はしばらくその場から離れられなかった。

一週間が経《た》って、土曜日。

俺はレンタカーに乗って、海沿いにある舞子《まいこ》駅で光を待っていた。

舞子駅は、神戸《こうべ》と淡路島《あわじしま》を繋《つな》ぐ明石海峡《あかしかいきょう》大橋の近くにある。

俺たちが今日行くのは、縁司と楓さんの地元である、淡路島。

縁司たちのことについて、何かヒントが得られるかもしれない、そう光が提案してきたのだが、多分ただ行きたかっただけだ。

淡路島には、付き合っている時もよく行きたいと言っていたし、間違いない。

それにしても、毎度のことながら……。

「遅いぞ」

「いやいや〜、せっかくの旅行なんだから、しっかり準備しないとでしょ？」

助手席のドアを開いて、ひょっこり顔を見せる光。

光にしては珍しい、ワンピース。でも黒で、シルエットもふりふりとか、可愛《かわい》い系ではなく光らしい、少し大人っぽさを感じさせるデザイン。

「光、今旅行って言ったよな」

「あっ……、気のせいでしょ。ほら、まずは有名なおっ玉葱《たまねぎ》を見て、そこにあるあわじ島バーガー食べに行くわよ！」

「遊ぶ気満々じゃねぇか！」

そもそも地元が淡路島とだけしか知らないのに、どうやって、なんのヒントを得ようというのか。

「おい、おっ玉葱って、うずの丘のところか？　ほぼ最南端じゃねぇか。ここからなら道の駅あわじとかあるし、その辺でもなんかあるだろ？」

「ダメよ。もうこのうずの丘にしかないハンバーガーの口なの。ほら、この動画見てよ。絶対翔も文句言わずに行くって言うから！」

そう言った光のスマホに映っているのは、あわじ島バーガーのレビュー動画。

ふわふわのバンズにサクサクの衣に包まれた玉葱カツ。他にも豊富な種類のハンバーガーがある。美味《うま》そう……。

「しゃーねー、行くか」

「わかってるわね、流石《さすが》。じゃあ今日は運転よろしく」

「……？　まさかお前……」

光はなんの悪気もないキョトンとした顔で俺を見て。

「私、免許持ってないよ？」

「まじか……」

ナビを出すと高速道路を使っても片道一時間と表示されている。

もちろん、光の腹をハンバーガーごときで満たせるとは思わない。そこから更に運転して色々回って、帰りのことも考えると……。

「くっそ!!　絶対に楽しむぞ!!」

「しゅっぱーつ!!」

合間合間で休憩を挟まないと絶対事故るから、休憩は大事に行こう。運転、そんなに慣れてないし。

一時間は案外あっという間だった。とはいっても疲れはした。

光はずっと音楽に乗って歌っていたけど、俺は慣れない高速道路でそれどころではない。

「運転お疲れ様……って、思ったより辛そうね」

「ちょっと休ませてくれ……」

うずの丘は淡路島と四国地方を繋ぐ大鳴門《おおなると》橋《きょう》の近くにあり、少し行けば徳島県にも入るほど、兵庫県のほぼ最南端に位置している。

そこには#おっ玉葱と記されている大きな玉葱のオブジェがあって、観光名所として知られている。

「わ〜！　夢にまで見たおっ玉葱だ〜！」

「嬉《うれ》しそうだな、ただのデカい玉葱のオブジェだろ」

「なにバカにしてんのよ。ここで玉葱ポーズして写真撮るのが、今日ここに来た目的よ！　ほら、翔！　撮って！」

俺にスマホを渡して、デカい玉葱の横へ駆けていく光。

玉葱の横に立つと、頭の上で手を合わせて、玉葱の先端のように尖《とが》らせる。にしてもそのポーズ、ダサいな。

「撮るぞー、はい、チーズ」

写真を撮り終えると俺に満面の笑みで駆けよってきて、スマホを覗《のぞ》き込む。

「いいじゃん！　翔も撮ってあげようか？」

「いや、俺はいいよ……」

すると、後ろにいた一眼レフを首から下げている髭《ひげ》を生やしたおじさんが、微笑《ほほえ》みながら近づいてくる。

「二人で並びなさい、撮ってあげるよ」

いや、本当に恥ずかしいからいいんだけど……、なんて断るのも失礼かな、とか考えていると、光が俺の腕を引いて。

「ほら、行くよ！」

「ちょっ、おい！」

引かれるがまま、デカい玉葱の横に並んでしまう。もう、逃げられない。

その証拠に今もがっちりと俺の腕をホールドしている光が、観念しろとでも言いたそうな目で俺を見ている。

「わかったから、……放せよ」

「あっ、……ごめん」

ああ、顔が熱い。ふざけんなよ、あのおじさん。おかげで恥ずかしい思いしたじゃねぇか。

流石はフォトスポット。おじさんの後ろには次にデカい玉葱と写真を撮ろうと列ができている。そんな状況なのに。

「翔もしなさいよ、玉葱ポーズ」

「まじかよ……」

光のことだから、どうせ俺がポーズをとるまでいくらだって待つ。そうなれば周囲の視線が痛い。

さっさと逃げだすためとはいえ、恥ずかしい。

「じゃあ撮るよ〜、はい、キムチ」

キムチ？

撮り終えた俺はさっさとこの場から離れたくて、急いでおじさんにお礼を言って駆けた。

「あはははっ、翔の顔めっちゃ赤いよ、見て」

「やめろっ、やめてくれっ」

埋まりたい。

「あははっ、そんなに恥ずかしくないでしょ。みんなやってるよ？」

光の言う通り、列になっていた人たちはみんな玉葱ポーズで写真を撮っている。

恥ずかしがっている方がかえって目立ってしまう。それはわかっているが、色々と疲れてしまった。

「私のやりたいことに付き合ってくれてありがとう。それと運転も。座ってて、バーガー買ってきてあげる」

「あぁ……、ありがとう」

縁司のおかげで、光にきちんと昔のことを謝れた。それからというもの、光の俺に対する態度が変わった。

一変した、とまではいかないまでも、棘《とげ》が無くなったというか、優しくなったように感じる。

まるで付き合っていた時のようだと、懐かしい気持ちになる。

光が帰ってくるまでの間、絶景レストランと名高いこの場所で、山や海の景色に目をやっていた。

緑が豊かで、海も綺麗《きれい》だ。

神戸とはまた違った魅力がある。

「お待たせ〜、はいっ！」

「ありがとう。飲み物も買ってきてくれたのか、いくらだった？」

「……？　いいよ。運転してくれてるんだし、これぐらいはさせてよ」

「あー、……ありがとう」

なんだか調子が狂う。

付き合っていた頃を思い出すこの距離感。再会したばかりの頃とはまた違った恥ずかしさがある。

「飲み物、私が飲みたいのを二つ買ってきたの。選んでいいけど一口欲しいんだよね」

「わかった。で、中身はなんなのこれ」

「こっちの透明のやつが島クラフトコーラっていうらしいの。透明なのにコーラだって、変だな～と思って選んだの。もう一つがティーソーダ。どっちにする？」

「じゃあコーラで。コーラなのに透明ってのが気になる」

当たり前のように飲み物も共有して、当たり前のように隣に座ってハンバーガーを食べる。

少し前まで、またこうして光と一緒にどこかに旅行に行くなんて考えもしなかった。もう、会わないと思っていたから。

縁司も、楓さんも、同じだったんだろう。戸惑うに決まっている。自分の気持ちがわからなくなって当然だ。

忘れようとしていたのに、目の前に現れて、また思い出してしまう。

俺はあまり辛《つら》いとは思わなかったが、感じ方は人それぞれだし、縁司たちには縁司たちに合った方法でもう一度話し合う機会を与えてやりたい。

なにもしないという選択肢はない。俺だったら時間が忘れさせてくれるなんて、思えないから。

今こうして関係をある程度修復できて、よかったと思っているわけだし……。

「美味《おい》しいけど、足りないね」

「いやいや、ちょうど良くないっすか？　光さん、まさかもう一個バーガー食うとか言わないっすよね？」

「悩みどころね……」

「いや悩むなっ」

「そうね、他のところでも食べたいものはあるから。しらす丼とか絶対食べたい」

「今丼ものの話できるあたり本当にフードファイターの素質あるよ……」

「えっへん」

「まあ、夕飯の時間には俺も腹減ってるから、しらす丼食べたいな」

「じゃあ夜にしましょ。おやつは、食べたいマフィンのお店があるの」

つまり、そこまで運転しろと。

「翔がもういいって思うまで、休んでいいからね」

「……おう」

だから、なんか変だからその態度やめろよ。ちょっと前の棘々しい態度でいいから。調子狂うな……。

とは思いつつも、光に優しくされる度に体が熱くなるような感覚があって、照れているのだと自覚する。

食べ終えてからもしばらくの間、景色を楽しみつつも運転の疲れを癒《いや》す。

救いなのは、睡眠はしっかりとっていたから全く眠くはないということ。疲れも、慣れない運転での緊張感による精神的な疲れが大きい。だがそれも、一時間も運転すればある程度慣れてきた。

「そろそろ行くか」

「あ、最後に景色バックに写真撮ろうよ」

「えっ、あー、まあ玉葱《たまねぎ》ポーズじゃないなら」

「ふふっ、トラウマになってんじゃん。はい、キムチ」

撮り終えると、光はそのツーショットを見ながら頬《ほお》を緩めている。ここに来て、写真を撮り始めてから、ずっと気になっていたことがあった。

「なんでキムチ？」

「私も思ってた！　さっき撮ってくれたおじさんが言ってたから真似《まね》してみたの。あははは」

「なんだ、俺が変なのかと思ったよ」

「いや、普通チーズでしょ。あのおじさんが変なんだよ。笑わせようとしてくれたのかもね？　キムチ、だと最後の口が『い』の口だし、口角上がるからかなーって、勝手に思ってた」

「かもな、ははっ」

こうして笑い合えるようになったのも、縁司のおかげなんだ。

縁司にも、同じように笑っていてほしい。って言っても、ヒント探す気あんのかね、この人。

写真を撮り終えて、車に戻る。

土曜日のわりに道路も空《す》いているから、次の目的地まではそう時間もかからないだろう。

ナビによると三〇分ほどで着く。運転にも慣れてきたし、それほど疲れもしないだろう。

そう思っていたのに。

「なんだよ、山奥にある店なのか……」

距離はそれほど長くない。だけど、道が悪い。

「仕方ないよ。山奥にあるから自然を満喫できるってことを売りにしてるし、お洒落《しやれ》だし景色も綺麗だからきっと着いたら来てよかったって思えるって！」

「今すぐ免許取って替わってくれ」

「じゃあ聞くけど、私に命預けられるの？」

「うん、やっぱり不安だから運転は俺が頑張るよ」

「ムカつく……」

「ところで、今日指してる場所ってなにがあるんだよ」

「えーっとね、カフェと宿と雑貨屋とおやつ屋さん。宿もいつか泊まりたいけど、今日は他の三つね」

「しっかり楽しむつもりで計画立ててきてんじゃねぇか」

「もういいじゃん、せっかく来てるんだし、楽しまなきゃさ！」

「一理あるけど……」

迷路のような山道を進むとようやく着いたのは森の中に建つ小屋という印象もありつつ、インテリアショップのようなお洒落な雰囲気もある場所、おおぞら荘。

訪れている人たちも、その雰囲気に合うようなお洒落な人が多い。

「わーっ！　ずっと来たかったんだよここ！」

「楽しそうでなにより」

「とりあえずマフィン買おっ！　売り切れちゃうみたいだから！」

「はいはい」

跳ねながら俺の腕を引く光と、苦笑いの俺。

温度感がまるで親子だ。

マフィンの種類も豊富で、どれも美味しそうだ。今は昼過ぎだけど、夕方には全部なくなっているらしい。

マフィンを買った後は特に何も買う予定はないのに雑貨屋を見て、案の定値段が大学生の俺たちには見合わない物ばかりで気に入ったものはあったが買えずに退店。

カフェは少し離れたところにあるが、宿、雑貨屋、おやつ屋はまとまった敷地内にあって、他にも展示用の小屋があって、そこがインスタ用のフォトスポットとして有名らしい。

「ここで撮ろっ！」

「ほら、撮ってやるから」

「うん。でも後で二人でも撮ろうよ。せっかく来たんだし」

光は特になにか意識している様子もなく、そういうことを言う。だから高校時代、気付かない内に数名の男子を勘違いさせて惚《ほ》れられていた。

あれ、ツーショット撮りたいってことは、俺のこと好きなんじゃ……？

何人もの男子たちが、そう勘違いして無残に散っていったのを俺は見てきた。可哀想《かわいそう》に。

「はい、チーズ」

光が持参した自撮り棒でおおぞら荘のお洒落な景色をバックに、一枚。よかった、今度はチーズだった。

「で、次はどこ行きたいんだ？　夕飯まではまだ時間あるし、今からマフィン食うつもり

だろうからまだどこか見に行くんだろ」

「正解！　次は、あわじ花さじき！」

兵庫県のハワイとも称される淡路島。その中でも観光地として目玉の一つと言えるのが、あわじ花さじき。

俺も過去に爺《じい》ちゃんと行ったことがあるが、一面に花が咲いている景色の綺麗《きれい》な場所だ。思えば、今日は景色が綺麗なところばかり行っている。淡路島にはそういうところが多いのだろう。

都会の喧騒《けんそう》に疲れた時にくるのがいいかもしれない。

「着いた」

「運転お疲れ」

「んっ」

花畑は今の季節だと一面が黄色だった。

花の名前には詳しくないが、向日葵《ひまわり》ではないことくらいはわかる。そもそも今は春だ。向日葵は夏のイメージだし、違うだろう。

「綺麗！」

「なんの花かわかんのか？」

「当たり前でしょ、あれは菜の花。これ一面で約百万本咲いているらしいわよ。花のことなら私に聞いて」

そう言いながらスマホを見ている光。

「今調べてんだろ」

「……勘の良い元カレは嫌いだよ」

光は性格が男らしいところがあるし、俺に対しての態度は茨《いばら》のように棘々《とげとげ》しいわりに、意外にも花を愛《め》でるタイプのようだ。

しゃがみこんで一本を綺麗に撮ったり、全体が綺麗に映るように高台から撮ってみたり。

「花、好きだったっけ?」

「うーん、詳しくはないけど、見る分にはいいかな。いつか彼氏から花束貰《もら》いたいとか思うよ」

それを、俺に言うのかよ。

「花束って、なんの花がいいんだ?」

「花詳しくないからわかんない」

「なんだよそれ……、本当に欲しいのかよ」

「馬鹿ね、彼氏から花束を貰うってだけでビッグイベントでしょ」

光にも意外とココロさん的な乙女欲求があるのか。付き合っている時、俺はその欲求をちゃんと満たせていたのだろうか。できていた自信は……正直全くない。

見渡す限りの花畑の他にも、土産屋などもある。

予定では、別に旅行に行くわけではなかったから、土産を買うつもりなどなかったが……。

「これ美味《おい》しそうじゃない？」

「誰かに買って帰るのか？」

「ううん、食べたいなーって思っただけ。翔が私へのお土産で買ってよ」

「なんで一緒に来てるヤツに土産買うんだよ。自分で買えよ」

「えー、だってお土産って値段のわりに量少ないじゃん、勿体《もったい》ない」

「光はなに食っても美味しいって言うし、スーパーで安い和菓子でも買って包装したら騙《だま》せそうだな」

「それでいいから買って？」

「さっ、車戻ろっと」

「私が可愛《かわい》く甘えてるんだからちょっとは照れろーっ！」

「うるせぇな……、そろそろ腹減ったし、しらす丼食べに行こうぜ」

俺は光に背を向けて歩き出す。

照れてないわけ、ないだろ。

そろそろ運転にも慣れてきた。

夕陽《ゆうひ》も暮れかかっているし、旅の終盤ではあるが。

「ねえ、翔」

次なる目的地を目指して車を走らせていると、光は助手席に座って外の景色を見ながら言った。

「ん……？」

「こういうの、なんか久しぶりだね」

再会してから、何度か出かけた。

カフェに行ったり、夕食を食べたり。でも、今日みたいなデートっぽいものは、随分久しぶりだ。

行く場所がデートっぽいのもあるが、再会したばかりの時とは関係性が大きく変わっていることが、より付き合っていた時の気持ちを引き出してくる。

「そうだな」

「私たち、大人になったよね。あの頃は一緒にお酒飲むこともなかったし、ドライブだってしたことなかった」

「まだ二十歳《はたち》になってなかったし、別れた後に免許取ったから……」

俺は未《いま》だに、光の知らないところが沢山ある。

あれだけ一緒に居たのに、再会しなければ知らなかったことだらけだった。それは、光もそうなんだろう。

やり直したい、そう思っているわけではないが、再会できてよかった。今はそう思っている。

「これからも、色々……知っていくのかもね」

「……かも、な」

光がどういうつもりでそう言ったのか、気にはなるが聞けない。

でも、そう言ったということは、少なくとも俺との関係を断ちたいとは思っていないんだろう。

光も、再会できてよかったと、そう思っているんだろうか。

なら、尚更《なおさら》縁司にも本心に従って行動してほしい。

このまま楓さんと会わなければ、きっとずっと、楓さんの記憶を引きずったまま生きていくことになる。

過去を乗り越えないままなのは、辛《つら》い道のりだろうに。

「あと一〇分くらいで着くぞ」

そう言っても、光からの返事はなく、聞こえてくるのは寝息だけ。

「寝てんのかよ……」

今日は久しぶりにはしゃぐ光を見た。

それだけ、ずっと来たかったんだろうな。

別れる前から行きたいと言っていた場所だし、行こうと約束していた場所でもあった。

一年越しに、約束は果たせたことになる。

結局縁司のことは全くなにも知れていないが、そもそもなにか摑《つか》めるとも思っていなかったから問題はない。

最後の目的地、しらす丼があるサービスエリアに着くまでの間は寝かせておいてやろう。

「ふぅ……」

無事、最後の目的地に着いた。

しらす丼が食べられる淡路サービスエリア。

土産売り場とフードコート、外に出れば大きな観覧車が見えて、もう日が沈んでいてライトアップされているはずだ。

「光、着いたぞ。起きろ」

「……んっ、あっ、ごめん、寝てた」

光は瞼《まぶた》を擦《こす》って、申し訳なさそうにして背筋を伸ばした。

「しらす丼、食べに行くか」

「うんっ！　行こ行こ！」

寝起きなのに元気なこって。

旅ももう終わる。

目的は全く果たせていないが、そもそも果たせるとも思っていなかったからいい。

サービスエリアには、一日淡路島を楽しんだ後であろう人たちが、旅の最後に来る。

俺たち以外にもしらす丼を目的に来ている人が沢山いるようで、フードコートは賑《にぎ》わっていた。

「結構並んでるね」

「だな。ちょっとぶらついてから来るか。食べ終わってからだと動きたくなくなるだろうし」

「お腹空《なかす》いてるけど、まあそうね。お土産、やっぱり家族の分は買って行こうかな」

「じゃあ、見に行くか」

淡路島なのに、四国や神戸や大阪のお土産も売っている。

関西と四国を繋《つな》いでいるこの場所だから、買い忘れた人も大丈夫なように売っているのだろう。実際光も俺も、今まで買わなかったお土産を買っているし、ちゃんと需要はある。

フードコートの方に目をやると、さっきまでよりは少し減ったが、まだ沢山人がいた。

「ちょっと外歩かない？」

その混み具合を見て、光がそう提案してくる。

外にはガラス越しでも綺麗に見える大きな観覧車があった。

「行くか」

夜の、ライトアップされた大きな観覧車を見ながら、歩く。

周囲にはカップルも多くて、元カップルの俺たちが来るには少し場違いな気もする。

「今日は楽しかった〜。また来たいな〜」

「そりゃあなにより」

「翔は疲れたよね、運転任せちゃってごめんね？」

「いや、大丈夫。もう慣れたし、景色も綺麗《きれい》だから楽しかったよ」

「そっか、ならよかった。でも、今度来る時は私が運転するね。それまでに免許取らなきゃ」

今度。また、俺と来るつもりだったのか。

光は、俺のことをどう思っているんだろう。

一度は好きになって、別れて一年。それから気持ちは離れただろうけど、再会してからも色々あって、今は――。

俺は、どうなんだろう。

自分の気持ちがわからないなんて、いつまでも思ってるわけにはいかない。

こんな曖昧な気持ちでずっといるのは、俺だってしんどいし。

「光、コネクトまだやってるのか？」

「……唐突ね。一応まだアプリ自体は残ってるけど、あんまり開いてないかな」

「そうか」

「なによ？　それ聞いてどうするの？」

「いや、……別に。なんとなく」

「翔は？」

「俺もあんまり開いてないな。少し前にいいねが来た通知が届いたから、その時に見たくらいだよ」

あとはココロさんと動物園に行った時だけど、あれは証明のために提示しただけだし、ノーカウントだろう。

「あ、それが前に話してた楓さんね」

「そうそう。つーか光も、それ聞いてどうするんだよ」

「はっ、は？　別に気になってるとかじゃないから、勘違いしないでくれる？」

「いやなんも言ってねぇよ」

そのツンデレの教科書一ページ目に載ってそうな台詞《せりふ》やめろよ。

「今日は結局なにも情報を摑めなかったし、翔、もう楓さんに聞いてみなさいよ。なんなら今からでも車あるんだし会いに行けばいいじゃん」

「いや、それはお前がデリケートなことだからやめろって言っただろ……。楓さん、そもそも答えてくれるかどうか……」

つーか本気で淡路島に来れば何かわかると思ってたのか。

「嫌なら嫌って言うでしょ。ほらもうさっさと聞きなさい。男でしょ」

こいつ、ノリノリだったくせに面倒くさくなってきてないか？

「わかったよ……。とりあえずメッセージ送ってみる」

　俺は渋々コネクトの、楓さんとのトーク画面を開いた。

　最後にメッセージがきているのは、縁司と楓さんを会わせた日。『ごめんね』という楓さんの一言が最後になっている。

「なんて送ろう……」

「今からでも大丈夫なら楓さんの家まで行っていいかって聞けばいいじゃん。神戸なんでしょ？　どうせ今から帰るんだし。こういうことは直接の方がいいでしょ」

「だな。言ってみる」

『楓さん、今家？　ちょっと話したいんだけど』

　楓さんからのメッセージは、一分も待たずに返ってくる。

『ごめん！　実家に帰ってきてて、今からお母さんが家に送ってくれることになってるから、ちょっと時間かかっちゃう！』

「だったら、楓さん拾って三人で帰ればよくない？　車の中で話せるでしょ」

　お前初対面なのに抵抗ないのかよ。

　でも、光さえ構わないなら、あとは楓さんに確認を取るだけ。

『俺今淡路島に居るんだけど、今から帰るところだったから、よかったら乗せていこうか？　話も車の中でできたらって思うんだけど』

続けて光のことを説明しようとしたが、なんと言えばいいのかと悩む。

楓さんは花見の時に一度光を見ているはずだが、俺との関係は知らない。

普通に考えて元カノと二人で淡路島にドライブに来ていると聞けば、どういうわけか聞きたくなるだろう。

でも楓さんなら、「もしかして、セフレになったの～？」とか平気で聞いてきそうで恐《こわ》い。

そんなこと聞かれたら俺と光の間に変な空気が流れることは間違いない。

そんなことを心配していると、楓さんからの返事がきてしまう。

『一人で淡路島？　変わってるね』

違う。俺はそんなボッチ野郎じゃない、……とは否定できないけど。

『あ、もしかして誰か一緒だった？』

今、光は俺のスマホを見ていない。

だったら、コネクトの中で光のことを説明してしまえばいい。

そうすれば直接会った時に余計なことを言われずに済む。

『友達と一緒。コイツも縁司の友達で、ちょっと関わりがあるっていうか』

『なるほど～、わかった。じゃあお迎え頼んでもいいかな？　住所送るね～』

よし、これで大丈夫。

そう思った俺は、光と一緒に楓さんの実家に向かった。

でも、俺はすぐにこの考えが甘かったと後悔することになる。


「やっほ～、翔くん」

「おっす。とりあえず、乗って」

「は～い」

楓さんが車に乗り込むと同時に、今まで車内に薄《う》っすら香っていた光の香水の中に、楓さんらしい金木犀《きんもくせい》の香りが追加される。

「あれ、お友達って女の子だったんだ～。はじめまして、日和《ひより》楓です～」

「はじめまして、高宮《たかみや》光です」

「でも意外だな～、翔くん、こういう子が好きなんだ～」

「言っただろ、コイツはただの友達だって」

楓さんはきっと変なことを言う。それはわかっていたから、これくらいじゃ俺は動じない。それは光も同様、助手席に目を向けても、それほど動揺している様子はない。

「友達……、まあ、そんなところかも」

「……？」

楓さんは光の曖昧な答えに疑問を持ったが、すぐにどういう関係なのか察したのだろう、俺に耳打ちして……。

「もしかして、……セフレ？」

「ちっ、違う!!」

「何の話してるの？」

光に聞かれていないのが救いではあるが、楓さん、本当にそんなこと言うなよな。確かに友達とは少し違うかもしれないが、セフ……、そんなわけないのに。

「あっ、違うんだね～。ふ～ん」

まだなにか言いたそうな楓さんに、また変なことを言われて光と気まずくならないように。

「元カノなんだよ。でも、最近はちょっと仲良いっていうか……」

「あ～、なるほどなるほど～。それは……ごめんね？」

「ちょっと、二人でなにこそこそ話してんの。私も交ぜて」

「いや、ほんと大した話じゃないから」

話を変えないと光から追撃が来そうだ。そう思っていたら、その意図を汲《く》んでくれた楓さんがその役目を担ってくれる。

「でも、なんで翔くんたちは淡路島に？」

「俺たちは、その……、まあ旅行？　そっちは？」

「別に大したことじゃないよ～。近いし、頻繁に帰るんだ～」

車が走り出して数分。そろそろ本題に入りたいところだけど、いざ聞こうとすると緊張する。

光が俺の袖を掴《つか》んで、一瞬目を向けると「今よ、聞きなさい」と目で訴えかけてくる。

それに俺は「お前が聞けよ、俺今運転中だし」と返事をする。もちろん目で。

目は口ほどにものを言うとはよく言うが、よくもまあここまで意思疎通ができるものだ。

流石《さすが》は相性九八パーセント。

でも、これは俺のためでもあるし、俺が縁司のためにもここで行動しなきゃいけない。

恥ずかしいからって逃げたらだめだ。

「あっ、もしかして私の顔にお米付いてる～？　さっき食べたからか～、どこ？　取って取って～」

光があまりにも楓さんの顔を何度も見るものだから、楓さんは自分の顔をぺたぺた触って確かめようとする。

光も、聞こうとはしてくれている。でも、言いだせない。そんな雰囲気。

大事な話だというのに、お米が〜とか言われたら言《い》い辛《づら》い。

「あっ、いや、違くて……」

「……？　じゃあなに？」

言わなきゃ。だって、今日はそのために来たんだから。

「俺、縁司の友達なんだよ」

唐突な謎発表に、楓さんが困惑して首を傾《かし》げて。

俺も、どうしてそんなことを言ったのか、よくわかっていない。でも、頭で考えるより先に、言葉が出てくる。

「知ってるよ？」

友達だから、縁司の力になりたい。

でも、俺では力不足で、何も知らなくて、どうしようもなくて、光に支えてもらって、ようやく前を向けて。それでもダメで。

「縁司のこと、知りたいんだ。縁司の役に立ちたいんだ。縁司が悩んでるなら、力になりたいんだ。でも、俺は縁司のことを全然知らない。それに気付いたのも最近で……、ってあれ、俺なに言おうとしたんだ……」

焦って迷走し始めた俺の太ももに手を置いて、「大丈夫」と目で言ってくれる光。……

わかってる、ありがとう。

変なことを言えば、また縁司の迷惑になってしまう。

それは避けたい。でも、縁司のことを知りたいし、知らなくちゃいけない。縁司は自分ではそういうことを言ってくれないし、聞かなきゃいけないんだ。

「縁司のこと、楓さんとのこと、知りたいんだ。だから、教えてほしい」

結局、俺には器用なことはできなくて、馬鹿正直に聞いてしまう。

光はそれでも何も言わずに、俺の太ももに乗せた手に、力を入れたのは伝わってきた。

「私たちのことを知って、どうするの？」

「それは……、正直、聞いてみないとわからないけど、俺は二人が、このまま会わないでいるのは、間違ってると思う」

光と再会できてよかった。

それは再会できてから何度も思ったことだ。

あのまま会わなければ、俺はずっとつまらない人生を生きていくことになっていたかもしれない。

光に会えて、縁司に助けられて、ココロさんがいて、ようやく今の俺がいる。

縁司にも、こっち側に来てほしい。

ずっと過去を思いつめるのなんて、辛いだろう。だったら、俺が、こっち側に押してくれた縁司を、引っ張り出したい。

「翔くんは、本当にイッチーが大好きなんだね」

「えっ、いや、そんなんじゃ……」

「なに照れてんのよ」

「いや別に照れてねぇから！　勘違いすんなよ！」

「ツンデレみたいなこと言わないでくれる？　気持ち悪い」

「うるせぇよ！　お互い様だろ！」

「顔赤っ！　ほら照れてんじゃん！」

「あの～、私を置いてかないでもらえるかな～？」

「あっ、ごめんなさい」

この口喧嘩《くちげんか》も、減ったとはいえまだすることはよくある。これも、光としかできないことだ。

縁司のおかげで今があるから、縁司にも……。

「いいよ、教えてあげる。ちょっと長くなるけど、いいかな？」

「もちろん。全部、聞かせてもらう」

窓の外にある綺麗《きれい》にライトアップされた観覧車を見ながら、楓さんは息を吐《つ》いた。

楓さんの視線が観覧車に向いているのに、その目はまるでもっと向こう側を見ているように遠くて、儚《はかな》い。

「……私、高校生の時に、イッチーにフラれたんだ」

縁司からは、縁司がフラれたと聞いていた。

そんな聞いていた話とは違う入りで、楓さんは話し始めた。

六話　明るい人ほど意外と悩みが多かったりする。

昔から、人の顔色を窺《うかが》って生きてきた。

意識してそうしてきたわけじゃない。ただ、嫌われたくないって、心の底でそう思っていたから、自然とそうなってしまったんだと思う。

僕がそう生きてきたのは、多分家庭環境が原因だ。

四人家族。お母さんとお父さん、歳《とし》の離れたお兄ちゃんがいて、そして、弟の僕がいる。

両親は共働きで、あまり家にいる時間が多いとは言えなかった。

そんな家庭だから、お兄ちゃんが、親の代わりだった。

小学校から帰ってくると、家には誰もいない。お母さんとお父さんはもちろん、お兄ちゃんも中学校で部活をしていたから、部活が終わるまではいつも一人。

帰ってくるとお兄ちゃんは掃除をして、夕食を作る。

僕だって何かしたい。いつもお兄ちゃんにしてもらってばかりでは、申し訳ないし。でも、お兄ちゃんはいつも決まってこう言った。

「縁司《えんじ》はまだ子供だから、何もできなくていいんだよ」

いつだったか、お兄ちゃんが帰るまでにいつもお兄ちゃんがやってくれることを代わりにやろうとしたことがあった。

でも、結果から言うと上手《うま》くいかなかった。

掃除しようとしても、なにからなにまでひっくり返してしまって、夕食を作ろうとしても、包丁で指を切ってしまって。

まるでお兄ちゃんのようにはいかない。

「何やってるんだよ、縁司！」

僕は包丁で指を切って、帰ってきたお兄ちゃんに怒られた。

僕はただ、お兄ちゃんに喜んでほしかった。少しは休む時間を与えたかった。お兄ちゃんのお荷物にはなりたくなかった。

「心配させないでくれ、縁司は何もしなくていいから」

そう言われて、僕はお兄ちゃんにとって、面倒を見ないといけない存在で、邪魔な存在なんだろうと自覚する。

お母さんも、お父さんも、平日は深夜に帰ってきて、朝早くには出て行く。深夜まで起きていても怒られてしまうから、会えるのは土日だけだった。

僕は、独りだった。

「倉木《くらき》くん、包丁を使う時は、猫さんの手だよ。ニャ〜」

調理実習で、同じクラスの楓《ふう》ちゃんが猫の真似《まね》をしながら言った。とは言っても、僕の通っていた小学校は人数が少ないから、一年生の頃からずっと同じだったけど。

楓ちゃんは子供の時からどこか大人で、同級生なのにお姉ちゃんみたいな存在だった。偶《たま》に見せる子供っぽい一面も、どこか抜けているところも、可愛《かわい》いと感じていた。

「にゃ、にゃ〜。こう？」

「そうだよ〜、上手だね〜。にゃお〜ん」

僕は、いつからかわからないけれど、楓ちゃんが好きだった。

優しくて、いつも独りの僕を気にかけてくれて、遊びに誘ってくれる。

遊びの内容は女の子が好きなことばっかりだったけど、それでも、楽しかった。

おままごと。

「は〜い、ご飯の時間よ〜。今日のご飯はバッタの唐揚げ〜」

「え……、僕嫌だよそんなの……」

お人形遊び。

「ムキムキの君には、このフリフリのドレスを着せてあげよう〜」

「その組み合わせは変じゃない？」

お絵かき。

「それなに描いたの～？　ペカチュウ？」

「メッキー……なんだけど……」

僕も、他の男の子のように外に出てサッカーや鬼ごっこをしたかったけれど、そんなことを言えばきっと楓ちゃんは僕と遊んでくれなくなる。

それは、なによりも嫌だった。

今の僕が女の子と趣味が合ったり、女の子の気持ちに共感しやすいのは、きっとこのことからだと思う。実際、楓ちゃんと遊ぶのは楽しかったから、いいんだけど。

楓ちゃんは料理が得意だったから、教えてもらった。

楓ちゃんの家で沢山練習して、ある日、家でもやってみた。

上手くできて、お兄ちゃんが帰ってくるのを待った。

褒めてほしかった。僕にもできるって、わかってほしかった。でも、いつまで経《た》ってもお兄ちゃんは帰ってこない。

一本の電話が入った。お母さんからだった。

『大事な話があるの』

その先の言葉は、まだ幼い僕にはよくわからなかったけれど、どうやらもうお兄ちゃんにも、お父さんにも、二度と会えないという内容だった。

両親の離婚だった。

苗字《みようじ》が変わる理由もよくわからない年齢だった。

両親は子供たちがどちらの親について行くのか、本人の意思を尊重することにしたらしく、お兄ちゃんはお父さんについて行くことにしたらしい。

受話器の向こうで、お母さんがあまりにも泣くものだから、僕はお母さんについて行くことにした。

正直、お兄ちゃんと離れるのが嫌だった。

まだ、夕食を作れるようになったことも言っていない。褒めてもらっていない。一人前と認めてもらっていない。

もうお兄ちゃんのお荷物じゃないって、証明できていないのに。

お母さんもお父さんも好きだけど、僕はお兄ちゃんが、本当の親のように感じていたから。

二人になってから、お母さんと過ごす時間は増えた。

お母さんは仕事を変えたらしい。僕が小学校から帰ると、いつも夕食の準備をしておかえりなさいと言ってくれた。

独りではない。

なのに、どうしようもなく心は空っぽだった。

「縁司は凄《すご》いね、自分でご飯作れるんだね」

お母さんは優しい笑顔で褒めてくれた。でも、お兄ちゃんは、もういない。

もう、会えないかもね。そう言われた。

「じゃあ、会いに行こうよ！」

「会いに⁉　え、でも、どこに居るかわからないし……」

「言い訳っていいわけ～？」

「ダジャレ……？」

楓ちゃんに言われて、僕はお兄ちゃんを探すことにした。

お母さんのケータイに届くメールを盗み見て、お兄ちゃんとのメールを見つけた。

僕はケータイを持っていなかったから、メールを送ることはできない。でも、メールの文章から、お兄ちゃんとお父さんが今は神戸《こうべ》にいるということがわかった。

休みの日に、楓ちゃんと少ないお小遣いを握りしめてバスに乗る。

「あー、足りないね」

バスを降りる時に、運転手さんに言われた。でも、後ろに並んでいた知らないお婆《ばあ》ちゃんが払ってくれて、降りることができた。

途中なんとかしようとしてくれた楓ちゃんが「体で払う〜」とか言い出してちょっと焦ったけど……。

帰りのバス代はない。でも、お兄ちゃんに会えれば、それでいい。

どこにいるのかもわからないのに、二人で三ノ宮《さんのみや》駅周辺を歩き回った。

夜八時になって、眠くなった僕たちは道端に座る。

少しすると警察官が二人、遠くから僕たちの方に駆け寄ってくる。

「君、一ノ瀬《いちのせ》縁司くんかい⁉　隣の子は、日和《ひより》楓ちゃん⁉」

警察官に連れられて交番で待っていると、お母さんがやってきた。隣には知らない女の人もいた。その人が泣きながら楓ちゃんの頬《ほお》を叩《たた》いて、ああ、楓ちゃんのお母さんか。そうすぐにわかった。

それとは対照的に僕のお母さんはただ泣きながら僕を抱きしめた。温かい。でも、心は冷たかった。

お兄ちゃんに会えなかった。

疲れと絶望で呆然《ぼうぜん》とする僕に、お母さんは何度も、何度も何度も何度も、同じことを言っていた。

「ごめんなさい」

どうして、お母さんが謝るんだろう。

どうして、お母さんが泣くんだろう。

勝手に神戸に来て、心配をかけて、謝らなければいけないのは僕なのに。お兄ちゃんに会えなくて、泣きたいのは僕なのに。

その日から、お母さんは笑わなくなった。

中学生になると、もうお兄ちゃんに会いたいと思う気持ちも薄れていった。

あれから数年経ったし、僕のことなんて忘れているに違いない。僕だって、お兄ちゃんの記憶はほとんどなくなっていた。

幼い頃の記憶だし、そんなものだ。

家に帰っても、お母さんと話すことは必要最低限で、中学校に持っていくお弁当も、毎朝机の上に置いている千円札が代わりになっていって。

思春期だし楓ちゃんと遊ぶことはなくなった。

淡路島《あわじしま》の学校は極端に少ないし、自然とずっと同じ学校の同じクラスではあったけど、女子と遊んだりすると周りから揶揄《からか》われるから。

楓ちゃんは変わらず僕を気にかけてくれたけど、僕は男の子の友達と遊ぶことを選んだ。

次第に家に帰るのが億劫《おっくう》になったけど、お母さんの前では「良い息子」を演じていた。

ちゃんと夜になる前に家に帰って、二人分の夕食を作って、掃除も洗濯も全部やった。

独りになりたくなかったから。

あなたなんていらないって、突然いなくなってしまわないように、いつもお母さんの機嫌を伺って。

そんな僕に、付き合いが悪いって、友達の草野《くさの》くんが言った。

「今日みんなで海釣り行くけど、お前も来るよな？」

「えっ、うん！　行くに決まってんじゃん！　俺も交ぜろよな〜」

慣れないキャラで、皆に嫌われないように必死だった。

嫌われたら、独りだ。

もう、独りは嫌なんだ。

「イッチー、最近、なんか無理してない？」

「何言ってんだよ、別にこれが普通の俺だろ」

心配してくれる楓ちゃんにも、本心は言えずに。

「お母さん、見てよ。僕生徒会長になったんだ。……凄い、でしょ……？」

「……そう。偉いね、縁司」

褒められても、空っぽだった。

もう、僕はずっと空っぽなのかもしれない。そう思っていた。

「イッチー、ちょっといい？」

「なっ、なんだよ」

楓ちゃんに、校舎裏に呼ばれて告白されるのかと期待した。クラスメイトにも指笛を吹かれたりして、その気になった。

「最近のイッチー、変だよ」

「何がだよ、別に普通だろ」

そうだ。僕はきちんと皆の望む「一ノ瀬縁司」になれているはずだ。

「昔みたいに戻ってよ。私、今のイッチーのことは嫌い」

「……うるせぇよ!!　お前になにがわかるんだよ!!　両親に大事にされて、友達も沢山いるお前には俺のことなんかなんにもわからねぇよ!!」

酷《ひど》い言葉だった。

僕は、最低だ。

こうして、一人、また一人と友人や家族、大切な人を失っていくんだろう。僕という人間は、そういう星の下に生まれてきたちっぽけで情けないヤツなんだ。

楓ちゃんに酷い言葉を浴びせた日、母が失踪した。置手紙には、たった一言、「ごめんなさい」とだけ書かれていて。

今度こそ、僕は本当に独りになった。もう、誰も頼ることはできない。誰も助けてくれない。

誰も、いない。

そうなってから、数年ぶりにお父さんに会った。

僕のことはお父さんが引き取ってくれることになったらしい。でも、僕はこの時中学三年生。春から通う高校も決まっていた。

今更お兄ちゃんと一緒に暮らしても、どう接していいかわからないし、なにより、お兄ちゃんが僕を忘れているかもしれないというのが恐かった。

誰に見捨てられても、お兄ちゃんに会えばまた孤独じゃなくなる。お兄ちゃんなら、また僕を受け入れてくれる。そう思い込むことで、どうにか精神を保っていたから。

その唯一残された存在が、無くなってしまうのが恐くて、知りたくなくて、僕はお父さんの提案で、一人で暮らすことになった。

「イッチー」

もう、壊れてしまいそうだった。

そんな僕を救ってくれたのが、楓ちゃんだった。

「イッチーは、独りじゃないよ」

あんなことを言ったのに、楓ちゃんは膝を抱えて蹲《うずくま》る僕を、背後から抱きしめるように優しく受け止めてくれて。

「辛《つら》いなら、泣いてもいいんだよ。寂しいなら、甘えてもいいんだよ。私が、いるよ」

それまでずっと堪《こら》えてきたものが全部、勢いよく流れ出して。

「うわぁぁぁぁぁ!! なんで僕を独りにするんだよぉ!! どうして皆いなくなっちゃうんだよぉ!! 僕はイイ子にしてただろぉ!!」

「そうだね、イッチーは、イイ子だよ。偉いね、ずっと我慢してきたんだよね」

「そうだよ!! 僕はずっとイイ子にしてた!! 毎日毎日辛いのに、我慢してきた!! 泣かないように必死に生きてきた!! 僕はもう大人なんだから、泣いちゃダメだって、頑張ったのに!!」

「イッチーはまだ、子供だよ。私だってそう。だから、泣きたい時に泣いていいんだよ。大人だってそう、しんどいことから逃げてもいいの。私が、イッチーの逃げ場になってあげるから」

楓ちゃんに抱きしめられながら、雨の日に家の前で数時間、疲れて眠ってしまうまで泣いた。

数年溜《た》めこんできたものが、全て流れた。

目が覚めると、僕はお母さんと住んでいた家にいた。でも、独りじゃなかった。

「おはよう、イッチー」

浮腫《むく》んでしまっていつもよりも視界が狭いような気がした。

そんな狭くなった視界の中でも光はあって。

「おはよう、楓ちゃん」

なぜか楓ちゃんも、目元が赤い。一緒に泣いていたのだろうか。

もう、僕は独りじゃない。

なにがあっても、楓ちゃんが居てくれる。だから、独りじゃない。

高校生になった。

楓ちゃんは毎朝僕を迎えに来てくれて、一緒に学校に行く。

休日は楓ちゃんの家に行って、楓ちゃんの家族が僕のことも本当に家族のように迎え入れてくれた。

ここが、僕の居場所になった。

「なあ、縁司って日和さんと仲良いよな？　その……付き合ってたりするの？」

クラスメイトの溝口《みぞぐち》くんが、小さな声で僕に問う。

僕はずっと、楓ちゃんのことが好きだ。でも、付き合ってはいない。

「……付き合ってないよ」

「そっか！　よかった！　俺実は日和さんのことが好きでさ……」

「……僕でよければ、その……、応援するよ」

楓ちゃんは多分、僕のことを弟のように思っている。だから、これからも付き合うなんてことにはならないだろう。そう思っていた。

でも、それでもよかった。

だって、ずっと一緒に居られるんだから、それでいいじゃないか。

恋人になったら何が変わる？　恋人じゃないとできないことができるようになる。例えば……キスとか？　もっと凄《すご》いことも……。

それよりも、告白してフラれた時に今までのような関係ではいられなくなるのが嫌だった。

僕には、楓ちゃんしかいない。

楓ちゃんのおかげで沢山できた友達も、皆良い人だけど、やはり違う。

皆は僕と友達でいようとしてくれるけど、僕が少し、心の壁を隔てて接してしまう。

その人に心を委ねてしまうと、拒絶された時が辛いから。

だから、絶対に僕から離れていかないという確信のある楓ちゃんにしか、心を委ねられない。

でも、嫌われたくなくていつも、誰かの求める「一ノ瀬縁司」を演じる。これはもう、抜けない悪癖になっていた。

だから、友達に嫌われたくなくて。

「今日告白しようと思ってる……！　だから縁司、日和さんを屋上に呼び出してほしいんだ……！」

断れなかった。

「楓ちゃん、今日の放課後、屋上に来てくれない？」

「……！　う、うん。わかった」

陰から、その現場を見ていた。

「日和さん、俺と……、付き合ってください!!」

「……」

僕の居た場所からでは、楓ちゃんの表情は窺《うかが》えない。

「ごめんね。溝口くんのことは、友達としてしか見られない」

そう言って足早に去っていく楓ちゃんの背中に、無意識か手を伸ばして眉を歪《ゆが》める溝口くん。

正直、ホッとした。

友達として最低だ。応援するって言ったのに、僕は……。

その日から、楓ちゃんは僕のことを避けるようになった。

もしかしたら、溝口くんみたいに僕が告白すると思ったのだろうか。迷惑だから、それを未然に防ごうとしたのか。

そしてまた僕は、独りになった。

＊

ある日、同じクラスの倉木くんの苗字《みようじ》が変わった。一ノ瀬くんになった。

私は当時小学生で、理由もよくわからずにお母さんに聞いた。

「苗字は変わることがあるの。でも、理由は聞いたらダメだよ」

よくわからないけれど、私も変わることがあるのかな、なんて考えた。変わるなら可愛《かわい》い名前がいいな、なんて呑気《のんき》に考えていた。

名前が変わってからというもの、一ノ瀬くんの笑顔が作り物のように見えるようになった。

無理して笑っている。本当は泣いているのに、それを押し殺して、上辺だけを綺麗《きれい》に見せているような。

お母さんが押し入れに無理矢理《むりやり》物を押し込んでいる時と似ているな〜、なんて感想を持った記憶がある。

それから、なぜか一ノ瀬くんのことが気になり始めた。

なぜか、放っておけない弟のように思って。

中学生になった時には、それが恋なんだと気が付いた。

でも、私がそのことに気付いた頃、イッチーは私の知るイッチーではなくなってしまった。

一言でいえば、恐《こわ》い。

前までの優しい表情と声音、話し方もなくなった。それでも、放っておけなくて沢山話しかけた。

「……うるせぇよ!!　お前になにがわかるんだよ!!　両親に大事にされて、友達も沢山いるお前には俺のことなんかなんにもわからねぇよ!!」

その言葉が、大学生になった今でもずっと頭に残っている。

悲しかった。それでも、イッチーはいつも泣いているように見えたから、放っておくなんてできなくて、めげずに話しかけた。

イッチーの言う通り、私はイッチーのことを全然わかってない。

イッチーの苗字が変わった理由も、中学生になってようやく理解して、イッチーが大好きなお兄ちゃんと離れ離れになってしまった理由も、当時はよくわかっていなかった。

私は、イッチーのことがもっと知りたい。力になりたい。泣いているなら、涙を拭ってあげたい。一緒に居てあげたい。

そう思っていた時、イッチーはとうとう本当に独りになってしまった。

お母さんがいなくなったらしい。

淡路島はネットワークが密で、近所のことは全て簡単に出回って噂《うわさ》になる。

イッチーのお父さんらしき人がイッチーと話をしているのを見て、その後にイッチーを置いてどこかに行ってしまう。

どこ行くの、イッチーも連れて行ってあげてよ。どうしてイッチーを置いていくの。どうして、独りぼっちにするの。

もう、いいよ。

じゃあ、私がイッチーを独りにしない。

「お母さん、お願い。イッチーも家族にしてあげて！」

お母さんは困っていたけれど、イッチーの家庭の事情は知っていて、イッチーのお母さんとも知り合いだったからと受け入れてくれた。

私がまだ小学生だった頃、イッチーと一緒にイッチーのお兄ちゃんを探しに行った。その時にイッチーのお母さんと知り合ったらしい。

イッチーのお母さんはどこに行ってしまったんだろう。お母さんにもわからないようだった。

イッチーが私の家によく来るようになってから、数年。

私たちは、もちろん同じ高校に通っていた。

「日和さん、俺と……、付き合ってください!!」

溝口くんという男の子に告白された。

正直あんまり話したこともない男の子だったし、どうも思っていなかった。

それに私が好きなのは、イッチーだったから。

屋上にある、転落防止用のバリケードに反射して、私の背後に誰かいるのが見えた。

溝口くんをフって、屋上を離れる時にその人物を見ると、そこにはイッチーがいた。

どうして、イッチーが？

気になって、屋上の扉を閉めた後に聞き耳を立てる。

「ごめんな、縁司。せっかく応援してくれたのに」

「ううん……、残念だったね。でも、悔いが残らないように告白できたし……、よかったんじゃない？」

溝口くんの告白に、イッチーも協力していた。応援していた。

それなら、イッチーは私が他の誰かの彼女になっても構わないと思っているということになる。

私はこれまで人生をかなり楽観的に生きてきたと思う。

特に大きな悩みなどもなく、不満もなく、普通よりも幸せに生きていられた。そんな私には、たった一度の失恋でも心に大きなヒビを入れるのは容易だった。

その日から、イッチーの顔を見ると、イッチーの声を聞くと、とても辛《つら》くて、イッチーを避けるようになった。

それでも、イッチーは同じ高校にいて、同じ淡路島にいて、どうしても会う機会はある。

私は思い切って、神戸の大学を選んで淡路島を飛び出した。辛いことからは、逃げればいいんだから。

神戸には沢山の人がいて、大学のサークル、アルバイト、男の子は沢山いて、沢山の男の子が告白してきてくれた。でも、どうしても、イッチーのことが忘れられなくて。

このままじゃダメだ。もうイッチーには会わないと決めた。だから神戸に来た。なのに、忘れられない。

勇気を出して、マッチングアプリを始めた。

沢山の男の子に会った。時には強引にホテルに連れ込まれそうになったり、しつこく家に誘われて、断っても付きまとわれたりして大変な目に遭ったりした。

それでも、そうやって他の人と会っていれば、いつかはイッチーを忘れられる。

時間が経《た》てばきっと気持ちは薄れる。そう思っていた。

翔《しょう》くんに会って、イッチーと友達だと知って、我慢できなかった。

『ああは言ったけど、やっぱり私とイッチーを会わせてくれないかな？』

また、イッチーに会いたい。会ってどうするのか、そんなの考えてもいなかった。ただ、会いたかった。

「イッチー」

「楓……ちゃん？」

また、イッチーに会えた。

突然自分のことを避け始めた私のことを、イッチーはきっと恨んでるだろう。

私はあれだけ忘れなければ、そう思っていたのに、会えた時に嬉《うれ》しくて泣きそうになった。

でも、やっぱりイッチーは私のことを恨んでいたようだった。

イッチーと私を会わせようとした翔くんに激怒して、私には何も言わずに帰ってしまって。

また、会えなくなるのか。

また、悲しい気持ちで生きていかなければいけないのか。

そう思っている時、翔くんに聞かれた。

「縁司のこと、知りたいんだ。縁司の役に立ちたいんだ。縁司が悩んでるなら、力になりたいんだ。でも、俺は縁司のことを全然知らない。それに気付いたのも最近で……、ってあれ、俺なに言おうとしたんだ……」

なんだか、私に似ている人だと思った。

でも、私と違う。

私と違って、行動しようとしている。

イッチーのためを思って、イッチーを抜け出せない闇から救い出そうとしていて、そんな彼に出会えたから、私も。そう思えて。

イッチーを、独りにはしない。

＊

独りは辛かった。

孤独に耐えられなくて、神戸に逃げた。

神戸に行くことを決めると、お父さんが一緒に住むかと提案してくれた。でも、僕は自ら独りを選んだ。

今更お兄ちゃんに会ったって、それはあの頃のお兄ちゃんじゃない。

お兄ちゃんだって、もう僕のことなんて憶《おぼ》えていないだろうし、お父さんなんてほとんど昔の記憶はない。

お母さんがいなくなった時も、神戸の大学に行くことを決めた時も、お父さんには会った。でも、よく知らないおじさんという印象しかなかった。

だから、僕はまた独りになることを選んで。

神戸の大学には沢山人がいて、大学生になっても僕は誰かの望む「一ノ瀬縁司」を演じ続けて。

コネクトを始めたのも、僕に構ってくれる人がいるから。

コネクトで誰かとメッセージをやりとりしている間も、会っている間も、心は孤独だけど隣には誰か居てくれる。

少しは寂しさを緩和できた。

カフェでアルバイトも始めた。

カフェを選んだのは、そこで働く大学生が多いと知ったから。そこで友達を作れば、少しは孤独を和らげることができると思って。

そして、そのカフェで翔ちゃんに出会った。

翔ちゃんの第一印象は、何から何まで合わない人。

言葉遣いも、価値観も、生活習慣も、好きな物も、何もかも合わなかった。

大学で出会う人も、コネクトで出会う人も、僕をかっこいいと褒めてくれて、女の子はいつも僕の望むようにしてくれた。でも、それにはきちんと理由というか、目的があった。

なにかリターンを求めている。

でも、翔ちゃんは違った。

僕はいつも誰かに好かれたくて、基本的に人懐っこい人物を演じている。今までもそれで大体の人は仲良くしてくれた。

相手の求める言葉を言って、相手の求める態度で接して、相手の求める「一ノ瀬縁司」になる。

「お前、そのキャラ疲れねぇの？」

でも、翔ちゃんにはすぐに見破られた。

「牛丼食いに行くだけだからついてくんなよ」

遠慮なしの罵倒も、なぜか嬉しかった。

僕に対して、本音で接してくれる。他の人は僕と同じように、僕の機嫌を伺っている人が多かったから。

少しずつ翔ちゃんに興味が出てきて、一年もした頃には翔ちゃんは僕に本当の笑顔を作ってくれていた。

いつからか、お兄ちゃんと翔ちゃんが重なって見えていた。

翔ちゃんがいれば、僕は独りじゃない。

まだ楓ちゃんのことは忘れられないけれど、恋愛だけが全てじゃない。大切な友達がいれば、それでいい。そう思えていたのに。

「イッチー」

「楓……ちゃん？」

辛い記憶が蘇《よみがえ》って、いつもの「一ノ瀬縁司」を保てなくて、翔ちゃんに激怒してしまって。

これで、今度こそ僕は本当に独りだ。

もう、家族も、好きな人も、友達もいない。

それでも翔ちゃんは、こんな僕に手を差し伸べてくれる。

ゼリーのゴミと空になったスポーツドリンクのペットボトルが、数日経つというのに未《いま》だにローテーブルの上にある。

捨てられなかった。

これを捨てれば、もう翔ちゃんとの繫《つな》がりが完全になくなるような気がして。

体調も随分良くなった。明日からまた、皆の望む「一ノ瀬縁司」に戻らないといけない。

辛いし、しんどいけど、上辺だけでも友達は居た方がいい。

もう、壊れそうだった。どうにかなりそうだった。

そんな時に、一通のＬＩＮＥが来る。

『ちょっと会えない？　翔のことで相談があって』

光《ひかり》ちゃんからだった。

二人は僕の計画通り、今は着々と関係を戻しつつある。

翔ちゃんには、僕のようにはなってほしくない。だから、二人をもう一度会わせようとした。

「お前は自分が恋愛で後悔してるから、俺を見て同じようにならないようにって、光と会わせようとしたんじゃないのかよ」

翔ちゃんの言葉を思い出す。

言っていることは正しかった。

それなのに僕は、翔ちゃんのしてくれたことをお節介だと言ってしまった。僕だって、同じことをしているのに。

本当は、久しぶりに楓ちゃんを見れて嬉しかった。

楓ちゃんが僕のことを好きじゃないのはわかっているけれど、それでも、会えるだけで嬉しいのが好きな人だ。

今でも、ずっと楓ちゃんのことが忘れられないから、誰か他の人を好きになれたらって、コネクトを始めて、それでもダメで。

光ちゃんからＬＩＮＥが来るのは珍しいから、それほど何かに悩んでいるということかもしれない。

翔ちゃんと光ちゃんが再会して、本音をぶつけ合って、また一緒に居られたら、そう思っているから、僕は二人のことならなんでも協力してあげたい。

でも、あんな酷《ひど》いことを言ってしまったばかりだし、本当にいいのか。

『どうしても、縁司くんに相談に乗ってほしいの。今から出てこれない？　私がそっちに行くから』

僕が既読を付けてから数秒後に、光ちゃんからの追いＬＩＮＥがきた。

『わかった。二〇分後には出れると思う』

そう返信して、朝からずっとベッドの上に居たから、とりあえず顔を洗いに洗面所に向かった。

病み上がりにしては、体は軽かった。

約束通り二〇分ほどでアパートを出て、光ちゃんが指定してきた場所に向かう。

家から三分ほど歩いた場所にある公園。

今は夜だから誰もいないけれど、近くに小学校があるから夕方頃になると小学生が集まってくる。

まだ光ちゃんは来ていないようで、とりあえず近くにあった長椅子に腰かける。

光ちゃんからの連絡はまだなくて、しばらくかかりそうだな、そう思っていると、誰かの足音が聞こえてくる。

砂の音がじゃりじゃりと聞こえてきて、近づく度に歩くのが遅くなっていくのがわかる。

不規則な歩き方に違和感を持って、知らない人かもしれないけれど視線を向けた。

「おっす、もう……、体調はいいのか」

「……翔ちゃん、なんでここに？」

一瞬驚きはしたが、光ちゃんと翔ちゃんが繋がっていたんだとすぐにわかった。でも、どうしてわざわざ光ちゃんを使ったのか。

「俺が呼んでも、あんなことがあった後だし、来てくれないと思ってな」

翔ちゃんは僕の知りたいことをすぐに察して、説明してくれる。

たしかに、光ちゃんだったから何も疑わずに来た。

これがもし翔ちゃんに呼び出されたのなら、また楓ちゃんがいるかもしれないと警戒していただろう。

「翔ちゃんにしては頭を使ったんだね」

「はっ、うるせぇな、いちいち煽《あお》るんじゃねぇよ」

きつい口調には似合わない笑顔で、指先で鼻を擦《こす》る。

あの仕草は人間が緊張している時に出る仕草だ。翔ちゃんは緊張している。僕だって、そうだけど。

あの日から、少し気まずい。

お見舞いに来てくれて少しはマシになったけど、それでもまだ前のようにはいかない。

翔ちゃんは僕の隣に座って、持っていた缶コーヒーの一本を僕に差し出す。

「縁司って、夏はホットコーヒーで、冬はアイスコーヒー飲む変人だから、春に何飲むかわからなくてさ、俺がアイスだから、お前のもアイスにしたけど……、よかったか？」

「あれ、信じてたんだ。冗談だったのに。ありがとう」

「はっ？　も、もちろん冗談ってわかってたし」

翔ちゃんは微糖の缶コーヒーを一口飲んで。

「光と、淡路島に行ってきたんだ」

「……、それをなんで僕に言うの」

翔ちゃんは多分、まだ僕と楓ちゃんのことで何か企《たくら》んでいる。

そのことで淡路島に行っていたのだと思うが、行ったところでなにがわかるというのか。

住んでいれば狭い島だとは思うが、数日やそこらで全て見て回るなんて無理だし、僕の過去を知っているのなんて、楓ちゃんくらいだと思う。楓ちゃんだって、全ては知らないだろうし。

「今から、つーか、これからずっとだな」

「……？」

「お前、俺には全部本音で話せよ」

翔ちゃんはそう言って、また缶コーヒーを一口。

「楓さんに、お前の昔の話を聞いたんだ」

「また、勝手なことを……」

「ごめん。でも、それを聞いたうえで俺はお前らを会わせようとしたことを、余計なことだったとは思ってない。お前らは、一度会って話すべきだ」

「だから、放っておいてくれって言っただろ」

もう、苦しいのも、辛《つら》いのも、悲しいのも、嫌なんだ。

「お前は俺に、後悔するなって言っただろ。それはお前が、楓さんの本当の気持ちを確かめることもなく逃げ出して、自分が後悔してるからなんだ」

「前にも言っただろ、違う」

　だから、もう、掘り返さないでくれよ。

「お前はもう、傷つきたくなくて、無意識に自己防衛に走ってた。誰とも深く関わらない、浅く広い付き合いばっかりしてるのは、誰にも肩入れしないようにしてたからだ」

「しつこいよ……！」

「楓さんになんで避けるのか聞いたのかよ、楓さんはお前のこと嫌いだって言ったのかよ、人の考えを見通せるお前なら、本当は気付いてたんじゃねぇのかよ。それを確かめるのが、恐かったのか？」

「お節介だって言っただろ！　放っておいてくれよ！」

「放っとかねぇよ。お前が迷惑だって言ったって、俺はお前が本心で望むことを叶《かな》えるために動く。自己防衛で自分の気持ち押し殺して、それで後悔してきたんだろ、だったら……!!」

「それでいいだろ!!　いつかは忘れる!!　いつかは楽になる日が来る!!　それまで我慢すればいいだけだ!!」

「そうはならねぇよ。そんなに簡単じゃねぇのは二年も楓さんのこと忘れられなかったお前ならわかってるだろ。俺だって……、そうだった。だから、わかる。お前が独りになるのが恐《こわ》いなら、俺が居てやる。だから、本心で行動したらどうなんだよ」

「放っておいてよ。君には、関係な──」

「──関係ないわけねぇだろ」

「関係ないよ……！　君が関わる理由なんて……！」

「──友達だからだよ!!」


初めて、そう言った。

翔ちゃんは、いつも僕のことを友達とは言わなかった。

僕が適度に心の距離を置く必要が、翔ちゃんにはなかった。それはいつも翔ちゃんが僕を煙たがって、そもそも媚《こ》びを売るようなことはしなかったからだし、翔ちゃんは他の人と比べて特別だった。

何も気にせずに付き合える友達だと、思っていた。

翔ちゃんに僕は嫌われている。そう思えるから、翔ちゃんにどう思われてもダメージがない。そう思って安心していた。でも、喧嘩《けんか》してみて翔ちゃんの存在の大きさに気付いて。

「君は……、僕のことを楓ちゃんから聞いただけで、実際に見てきたわけじゃない」

「ああ、俺は昔のお前なんか知らねぇよ。でも、今のお前なら知ってる。人の気持ちに敏感で、誰とでも仲良くなれる愛想のいいヤツで、大学とバイト先ではなんでもできて皆に好かれるキャラでやってんのに、実は子供っぽいところもあってワガママで、イタズラが好きで、課題だって俺のを写したりするズルいヤツで、でも誰よりも友達思いの良いヤツってことも、ごめんって言うより先にありがとうって言えるヤツってことも、全部知ってる」

やめてよ、翔ちゃんらしくないよ。

いつもみたいに、僕を煙たがってよ。

君を失うのが、恐くなる。

「お前は、いつも明るくて悩みなんてなさそうで、でも、実は意外とネガティブなところもある。いつ誰がいなくなってもいいように感情をコントロールしてる。もう、いいんだよ」

「……」

「俺がいる。縁司、──お前は、独りじゃない。失うことを前提としてるその考え方は間違ってる。俺は居なくなったりしない」

「……翔ちゃん」

「だから、俺には本心を言ってくれよ。俺も、縁司には本心を言う。ちゃんと、友達になってくれよ」

いつからかわからない。気付いた時には、俯《うつむ》いている僕の手の甲が濡《ぬ》れていた。

「翔ちゃん、僕……、今でも楓ちゃんが好きなんだ。ずっと、好きなんだ。でも、僕は逃げた。もう、前のようには戻れない。翔ちゃんがいくら協力してくれたって、二年ってい う長い時間が壁になって、もう自分から会いに行こうとも思えない。……恐いんだ」

楓ちゃんが僕を避けるのには、きっと何か理由がある。

楓ちゃんは理由もなくそんなことをする人じゃない。

でも、僕は楓ちゃんのこととなると冷静な判断ができなくて、考えていることがわかるなんてこともない。

翔ちゃんもわかりづらいけれど、楓ちゃんはもっとわからない。好きだから、だと思う。

「じゃあ、確かめろ」

「えっ……？」

翔ちゃんは公園の入り口辺りに目を向ける。

そこにあった茂みから、顔を見せたのは、光ちゃんと、

「楓ちゃん……！」

「や、やっほ〜。久しぶり、イッチー」

楓ちゃんは頰《ほお》を掻《か》き、目を泳がせながらも近づいてくる。

「ごめんね、盗み聞きしてて。でも、これは私がお願いしたの。翔くんは悪くない」

そんなことはどうでもいい。聞いていたということは、さっきの僕の泣きながら言った
楓ちゃんが好きということも聞かれていたということになる。

「私ね、ずっとイッチーに謝りたかった」

「なにを……？」

「避けちゃったこと。イッチーを独りにしないって言ったのに、約束破っちゃってごめん
ね……？」

「もう、いいんだ。今は、大切な友達がいるから」

そう言って翔ちゃんの方に目を向けると、顔を赤くしてコーヒーをがぶ飲みしている。

ヒロインっぽい反応だ。

「私も、イッチーが好きだった」

楓ちゃんは、照れながら言う。

楓ちゃんの考えていることとなると全く予測ができなかったから、意外だった。

ずっと弟のように思われているのかと思っていたから。

「だから、溝口くんの告白に、イッチーが協力してたって知って、悲しくて、私も、傷つきたくなかったんだろうね、避けちゃった……」

「そう……、だったんだ」

たしかに、溝口くんの件があってから、僕は楓ちゃんに避けられるようになった。仲の良かった僕に告白されても迷惑だから避けているんだと思っていたけど、答えを知ってしまえばどうして僕はそんな考えになったのかがわからない。

あの時に本心を言えば、こんなに遠回りすることなんてなかったんだ。

それは、翔くんや光ちゃんだってそうだ。早く、どうにかなればいいのに。

「でも、翔くんや光ちゃんのおかげで、またこうして会えて、本当の気持ちを伝えられた。あの時のことを謝れた。だから――」

「ちょっと待って」

「……イッチー？」

「その先は……、僕が……！」

告白だ。するなら男から、僕だって男らしいところがあるんだって、楓ちゃんに思ってもらいたいし。

「あ、その……、だから……」

「そうだよね、私たち、前の関係に戻ろう」

「――ぇ？」

今、なんて言った？

つまり、勝手に僕が盛り上がっていただけで、楓ちゃんは別にこれから付き合うつもりなんてなくて……。

普通に考えればそれもそうか。だって、二年も会っていなかったんだ。再会していきなり付き合うなんて、あるわけがなかった。

恥ずかしい、恥ずかしい、埋まりたい。

「でも、あの頃と全く一緒じゃないよ」

「え？」

「これからは、お互いのことをもっと知りたい。前の、友達だったり、家族みたいな関係じゃなくて……、恋人……候補、みたいな？」

「……ははっ。うん、そうだね。再スタートしよう。もう逃げたりしないから。本当にごめん、それから、ありがとう」

僕がそう言うと楓ちゃんはまた昔のようなふわふわとした照れ笑いを浮かべて。

「なんだか照れちゃうな～、あっ、イッチーも顔赤～い」

「あっ、赤くないもんっ。さっき泣いたからだから！」

翔ちゃんと光ちゃんは、僕らの後ろで並んで立っていて、呆《あき》れたように、安心したように、二人で微笑《ほほえ》み合っている。

次は、翔ちゃんの番だ。

翔ちゃんが光ちゃんに未練を持っているのはわかっている。でも、それが復縁を望んでいるのかは僕にはわからないし、多分翔ちゃんにもわかっていない。

光ちゃんもそうだと思う。

まだ、お互いがお互いとどうなりたいのか、本人たちもわかっていない。

まずは、そこをはっきりさせないといけない。

翔ちゃんのおかげで、楓ちゃんとまたこうして、面と向かって会えた。本音で話し合える友達もできた。癖になっているから時間はかかるかもしれないけれど、もう、誰かの望む「一ノ瀬縁司」を演じるのもやめられる。

僕には翔ちゃんも、楓ちゃんもいる。

「翔ちゃん、酷《ひど》いこと言ってごめんね。それから、……ありがとう」

「……おう。俺も、ごめん。それと、……ざまぁみろ」

「……？　どういうこと？」

「放っておいてくれ。縁司には関係ないから」

「ちょっと〜！　そんな言い方ないだろ〜！」

「お前の真似《まね》しただけだし！」

「僕はそんな憎たらしい言い方しないもん！」

「いいや、してたね！　この件が終わったらずっとこれ言うって決めてたんだ！」

「なにそれうわ〜、小さい男だ〜」

「本当にね」

「光も交ざって馬鹿にするのやめろ！」

「『事実だもん』」

「息ピッタリかお前ら!!」

ようやく、翔ちゃんとも完全に仲直りできたと思う。

まだ少し照れ臭いけれど、楓ちゃんとも本当の意味で再会できた。

お兄ちゃんにも、会いに行ってみようかな。今なら、恐くない。

これからは楽しくなりそうだ。それも全部、翔ちゃんのおかげだよ。

ありがとう。これからもよろしくね。

七話　友達から恋愛対象になることもある。

また、いつもの平日が始まる。

昼までは睡魔と戦いながらもしっかりと学生の本分を全うして、昼になれば大勢で賑《にぎ》わう食堂に向かう。

食堂に行けばいつも通り場所取りをしてくれているココロさんがいて……、と言っても本人は別に場所取りなどしているつもりはないが、周囲の人間が自然とココロさんを中心に円を作っている。

別にココロさんが嫌われていたり、恐がられているわけではなく、存在が神々しいから近づけないだけだ。これをココロウォールと呼ぶ。または聖域。俺が名付けただけだけど。

ちょっと大げさな気もするが、実際にそこにいるココロさんを見ると少し納得もする。だって、ちょっと光ってる。気のせいというか、幻覚というか、もちろん実際に光っているわけはないんだけど、そう錯覚するくらいには容姿が整っていて美少女オーラがある。

「こんにちは、ココロさん」

「こっ、こんにちは、カケルさん」

軽い挨拶を交わして、隣に座る。

少し前まで隣は避けていた。ココロさんが俺に意味深な発言をして、その発言を俺が勘違いして、勝手に意識していたから……。

でもそれは俺の思い過ごしで、ココロさんはあの言葉を友達として言っただけだった。

なんて恥ずかしいヤツなんだ俺は。

「二人とも、いつもこんな感じで挨拶してるの？」

「縁司《えんじ》、なんでお前もついてくるんだよ。ココロさんが緊張しちゃうだろ」

ココロさんと昼食を食べるようになってから、縁司とは別で過ごすようになった昼休み。縁司と仲直りして、初めての平日お昼、なぜか勝手についてきた。ココロさんが気を遣うから、できれば二人の時間にしておきたいんだけどな。

「私なら、大丈夫です……！　一ノ瀬《いちのせ》くんとはお花見の時にお友達になりましたし、カケルさん以外と話せないなんて言ってられないですかりゃ……！」

「だって、翔《しょう》ちゃん。いいじゃん、三人の方が楽しいって」

「まあ、ココロさんが良いなら……」

「でも、そうなると光《ひかり》ちゃんだけ仲間外れだね。呼ぶ？」

「何言ってんだ、部外者だろ。警備の人に怒られる」

「翔ちゃん冷た～い。どうせバレないって」

そもそも光だって大学行ってるだろ。昼メシだけ食って帰るなんて面倒なことするわけない。

「そういえば、初音《はつね》さんってあれから光ちゃんと仲良くなったの？」

縁司がカレーを口に運びながら言う。それは俺も気になっていた。

二人を繋《つな》いだのは俺だから、その行きつく先は気になる。……元カノだし。

「はいっ……！　今では毎日ＬＩＮＥでお話してますよ。今週末に遊ぶ約束もしてます！」

「そうなんだ～。いいね、また四人で遊ぼうね」

遊ぶって、何するんだろう。

光のヤツ、俺の愚痴とか言ってないだろうか。

「あっ、いたいた、縁司く～ん！」

三人で話していると、食堂の入り口の方から縁司を呼ぶ声が聞こえてくる。

その声の方に目を向けると、六人くらいの見た目がキラキラした陽キャ女子がいて。

「あっ、今日先約あったの忘れてた。ごめん、僕行くね。でも明日からはちゃんと僕も誘ってよ⁉」

「はいはい、人気者はさっさと行ってやれよ」

「あっ、翔ちゃんもしかして妬《や》いてる～？」

「妬いてねぇよぶっ飛ばすぞ!!」

「照れた～！」

「縁司っ！」

「うわっ、逃げろ～！」

カレーを持って逃げる縁司を取り逃がして、溜息《ためいき》を吐《つ》く俺にココロさんはクスっと笑う。

「仲良しですね、羨ましいです」

「まったく、憎たらしいヤツですよ」

「本当はそう思ってなさそうですよ？」

「ははっ、まあね」

「私もいつか、カケルさんにぶっ飛ばすって言われるくらい仲良くなりたいです」

「仲良くなっても言いませんからね!?」

「あっ、私、そういうつもりで言ったんじゃなくって……！　その、殴られて興奮するとか、そういうのじゃなくて……！」

ココロさんは顔を真っ赤にして、両手をワタワタと暴れさせて。

「だっ、だからその、いっ、いんりゃんとかではないのでっ……!!」

いんりゃん。毎回噛《か》んでくれるその単語を、絶対にココロさんの口から発させるわけにはいかない。そう固く決意する。

「ココロさんが言いたいのは、俺が一切遠慮しないくらい仲良くなれたらってことですよね。大丈夫、伝わってます」

「よ、よかったです……」

「でも、どれだけ仲良くなってもココロさんにはこういう話し方で、接し方で、変わらないんじゃないかな」

「えっ、ど、どうしてですか……？」

ココロさんとは、こういう落ち着いた空気感が好きだから。縁司とは少し騒がしいくらいが楽しいし、光とは悪口言い合ってるくらいがちょうどいい距離感だ。

人には人の、なんとか。みたいな。

「ココロさんは、このままがいいんです」

「……、そうですか……」

ココロさんはイマイチわかっていないように返事をする。気のせいか、少し元気がなくなったようにも感じる。別に、悪い意味ではないんだけどな……。

空気を変えたくて、脳内にあるワードから話題を探す。

「あっ、そういえば俺のレジャーシートって今誰が持ってるんですか？」

「あっ!! ご、ごめんなさい!! 今私のお家《うち》にあります……。今日持ってこようと思って忘れてました……。帰ったらカケルさんのお家まで持っていくので、場所を教えてもらえませんか……？」

ココロさんは焦ってスマホのメモを開く。でも、別にそこまでしてもらわなくても……。

「別に、明日でもいいですよ。というか、そんなに急いでませんから。爺《じい》ちゃんの物なんですけど、レジャーシートいっぱい持ってるっぽかったですし」

「いいえ……！ そういうわけにはいきません！ お借りしていた物ですから、しっかりと返せる時に返すべきです！」

「じゃ、じゃあせめて俺が取りに……」

「ダメです！ お借りしておいて取りに来いなんて私にはできません！」

引いてくれそうにないココロさんに押されて、俺は住所を教える。そして、昼休みはあっという間に終わり、午後の授業も午前に比べて弱まった睡魔と戦いながら頑張った。

家に帰って三〇分くらいで、ココロさんからＬＩＮＥが来た。

『もうすぐ着きます』

『わかりました』

ココロさんは俺の使っている最寄り駅から二駅隣の場所に住んでいるらしく、それほど時間はかからなかった。

先に出て待っていようと思い、アパートの一階に降りるとちょうどココロさんの姿が見える。

「ココロさん、こっちこっち！」

「あっ、カケルさん！」

俺を見つけて、満面の笑みで、運動音痴っぽい走り方で駆け寄ってくる姿を見て、思わず頬《ほお》が熱くなるのがわかった。いや、だって、そんなの可愛《かわい》いに決まってるだろ……。

「お待たせしました……！　これ、お借りしていた物です」

「本当、わざわざありがとうございます」

「私が学校で会うからって、光ちゃんにお願いされたのに、遅くなって申し訳ありませんでした……」

「いやいや、本当に急いでないんで！」

頭を上げたココロさんの鼻先に、一滴の雫《しずく》が落ちる。

「……雨？」

俺の口からそう零《こぼ》れると、一瞬にして勢いを増した雨が降ってくる。

「うわっ、勢い凄《すご》っ。ココロさん、とりあえずロビーに！」

「はっ、はいっ！」

スマホで天気予報を見ると、二〇パーセントと降水確率はそれほど高くない。

雨雲の動きを見る限り、おそらく三〇分もすれば止《や》む通り雨だと思う。

「止むまでここに居るのも何ですし、家、来ますか？」

特に、深い意味はなかった。

でも、言ってから男が女を部屋に誘うっていうのはそういうことだよな、とか考えてしまって。

それはココロさんも同じ感想だったらしく、少し顔が赤い。ココロさんは想像力が豊かで、意外とエロい話にも敏感だ。やってしまったと後悔する。

「カケルさんが、いいなら……」

「じゃ、じゃあ……」

別に深い意味はない。ただ、少しの間雨をしのぐためだ。だから変な勘違いするな、俺。

部屋に入ったココロさんの反応は、部屋全体を見回して目をキラキラさせるというものだった。

普段から部屋を綺麗《きれい》に保っていてよかった。

エロいものだって全部スマホで完結しているから、間違ってもココロさんに悪影響を与えることはない。

ココロさんも同い年なのに、なぜか子供に変な知識を与えないように気遣っている大人になった気分だ。

こんな穢《けが》れのない女の子に、エロ本なんて与えれば俺は全世界の男から恨まれる。

「あんまり、物を置かないんですね」

「あー、そうですね。結構無趣味な人間で。あっ、でもベッドにはこだわってます。睡眠は人生の三分の一ですからね」

「ふふっ、カケルさんらしいです」

なんだろう。いつもなら恥ずかしがっててんやわんやなココロさんを見て、俺が余裕を持って接する感じなのに、今は逆。

なんで、俺こんなに緊張してるんだ。

部屋にココロさんがいることがイレギュラーだし、密室で距離を近く感じるからか？

「そ、そうだ、試しに寝てみますか！」

「えっ」

ベッドに座ってポンポン叩《たた》く俺に、ココロさんは驚く。ああ、そうだよな。男のベッドに寝るなんて、変だよな。咄嗟《とっさ》に出た言葉が、更に緊張を膨らましている。

だって俺たち、ただの友達なんだし。

「じゃあ、お邪魔します」

「あっ」

そう言ってココロさんは俺のベッドに、毎日俺が寝ているベッドに、座る。そして、ゆっくりと体を横にして。

「わ〜、凄い。確かに気持ちぃいです。それにこれ、大きいですね。二人でもちょうど良さそうです」

「一応、ダブルベッドなんで……」

心ここに在らずな返事をして、ココロさんが隣に居る、そのことに心が跳ねる。ココロの三連単。

「どうして、ダブルなんですか……？　もしかして、光ちゃんと……？」

「いや、これは最近バイト代貯《た》めて買ったんです。成人男性なら実はセミダブル以上でようやくゆっくり休めるっていう記事をネットで見て……」

「そっ、そうですか……、ごめんなさい、変なこと聞いて」

「いや、そんな、全然……」

なんでこんなに緊張してんだよ俺。相手はココロさんだ。友達だ。変に意識したら、失礼だろ。抑えろ。

「そういえば私、カケルさんにお願いがあるんです」

上体を起こしたココロさんは、手櫛《てぐし》で髪を整えて。

俺は変わらず身動きが取れずにベッドの端に座っている。

「お願い？」

「私も、カケルさんの、本当の名前で呼んでもいいですか？」

思ってもいなかった願いだった。

たしかに、もう俺たちはコネクトで知り合った異性というよりも大学の同級生という感覚が強い。

お互いの個人情報を全ては開示しない、最初の関係はとうに終わっている。

だったら、お互いに本当の名前を呼び合うのはごく自然なことかもしれない。

「そんなことですか？　全然構いませんよ」

「それと、私のことも……、心《しん》って、呼んでほしいです……」

目を伏せながら、小さな声でそう言う。外の雨音が、窓ガラスの向こうからでもその存在を主張してくる。部屋はココロさんの小さな声なら、かき消してしまうほどに大きな雨音で支配されている。それでも、その声は俺にしっかりと届いていて。

どうして、そんなに照れながら言うのか。

友達なんだし、それくらい普通だろう。

友達に名前で呼ばれることが、そんなに照れ臭いのだろうか。ココロさんなら、そう思っても不思議じゃないけど。

「わかりました。じゃあ、これからは心さんで」

「嬉しい……です。光ちゃんも一ノ瀬くんも、下の名前で呼んで、呼ばれてて、私もそうなりたいなって、ずっと思ってて……」

そんなこと、言ってくれればよかったのに。でも、ココロ……いや、心さんはそう簡単に言えないんだ。そういう子なんだ。俺はそれをわかっているんだから、理解しているんだから、きちんと気持ちを察してやらないと。だって、友達なんだから。

「ずっと思ってたんです。私が……、その……、忘れさせる……なんて言って、調子乗りすぎたなって……。私なんかが……」

「そんなことないですよ。心さんは、私なんか、なんて思わないでください。ちゃんと魅力的な人ですし、俺は出会えてよかったって思ってます」

心さんに出会ってから、俺は毎日が楽しい。

光と再会したのもほぼ同時期だったから、どっちのおかげなのかはわからないが……、いや、これはきっと二人のおかげなんだろう。それに、今は縁司のおかげでもっと楽しく思えている。

誰一人、俺の周りに出会わなくてよかった人なんていない。

「私も、翔くんと出会えてよかったです。……そろそろ、雨止むかな……」

言っておいて照れたのか、ベッドから立ち上がって窓の外を見ようとして——。

——ピカッ、ゴロゴロゴロッ。

一瞬の光の後、それほど間も空かずに轟音《ごうおん》が鳴り響いて。

「きゃっ‼」

心さんが立ち上がった瞬間だった。その轟音に思わずひっくり返った心さんは、俺目掛けて倒れて。

「——ぁ」

俺が押し倒されるような体勢になって、互いの鼻先が擦《こす》れそうな距離。

一瞬何が起きたのかわからなくて、二人して固まった。時間にすれば一秒にも満たない一瞬だというのに、まるで数分も経《た》ったように感じる。

「ごっ、ごめんなさ――」

正気に戻った俺が、その細い肩を掴《つか》んで離そうと動くが、その手を、心さんが握って。

「恐《こわ》いので、もう少し、このままで居てもらえませんか……？」

俺はそれに返事をするわけでもなく、ただ、黙って従う。

確かに心さんは震えている。掴んだままの肩が小刻みに揺れていて、動揺しているのか

近距離で見つめる瞳も、揺れていた。

多分、二分ほどそうしていた。

震えも徐々に治まって、心さんが口を開く。

「翔くんは、……私のことを、どう思っていますか」

唐突な質問に、困惑する。

どうって、どうなんだ。どういう意味のどうなんだ。

疑問を解消しようとしても、動揺のせいで正常に頭が働かず、全く答えが出てこない。

そんな俺に、心さんは付け加えて言う。

「私たちは、友達、ですか……？」

声音、表情、目力。全てが、いつもの心さんじゃない。

雷の非日常感のせいで冷静さを失っているように見える。それと同時に、どこか覚悟を

決めたような、そんな風にも。

「俺、何か心さんを不安にさせるようなことしましたか……？　ちゃんと、友達だと思ってるんですけど……。あっ、やっぱり昼間の話気にしてますか……？　本当に、心さんにはそう接したいってだけで……」

俺が必死に舌を回していると、心さんは突然雷が平気になったかのように体を起こしてベッドに座る。

俺もそれに倣い、心さんの隣に座った。

「本当に、翔くんは鈍感です……」

「えっ、それってどういう……」

「いいえ、なんでもありません！　急にごめんなさい、私そろそろ帰ります」

そう言われてようやく、外の雨が止《や》んでいることに気付く。

今も心臓が凄い音で跳ねているのが、振動で自分に伝わってきた。

ロビーまで心さんと一緒に降りて行って、タクシーを呼ぶと言ったがお金がもったいないと断られる。

心さんは最後までどこか、今までとは違う、なんていうか……、一皮むけたという言葉がしっくりくる雰囲気で。

「では翔くん、また明日食堂で！」

いつも以上の魅力ある笑顔でそう言って帰っていった。

俺って、そんなに鈍感じゃないと思うんだけどな……。

エピローグ　恋は楽しくもあるが、辛《つら》くもある。

今日は念願の心《しん》ちゃんとデートの日。

翔《しょう》はずるい。ずっとあんなに可愛《かわい》い女の子を独り占めにしていたなんて。

ただの友達だとは言っていたけど、二人とも本心からそう思っているんだろうか。

翔はそんなに惚《ほ》れっぽくないとは思うけど、あんなに顔が可愛くて、スタイルが良くて、守ってあげたくなる華奢《きゃしゃ》な体で、友達もいないから翔にだけやたら懐いていて、仕草も声も話し方も可愛いし、人見知りだって一見欠点に思えるけど噛《か》んだり時々見せるおっちょこちょいなところも全部可愛い。

そんな可愛い子と一緒に居て、好きにならないなんてあり得るのか。

好きかどうかはわからないけれど、翔はやたらと心ちゃんに過保護だ。

花見で私と心ちゃんが二人になった時も、人見知りだから気にしてやってほしいと私にだけ聞こえるようにこっそり伝えてきた。

心ちゃんを、大切に思っているんだろう。そりゃあそうだよ、だって、あんなに可愛いんだし。

約束した三ノ宮《さんのみや》駅に向かう電車の中で、外の景色に目を向けながら思いに耽《ふけ》る。

ガタンゴトンと揺れる車内は居心地が良くて、いつもなら眠ってしまうけれど、今から心ちゃんと会えると思うとワクワクして眠れなかった。

実は、昨日の夜もそれほど眠れなかった。

女の私でもこれだけ夢中になってしまうんだから、男の翔が夢中になるのも当然だ。

でも、それが応援したくなるアイドル的な夢中なのか、守ってあげたくなる妹的な夢中なのか、それとも、一人の異性として、意識しているのか。

だったらなんだというのか。私には関係ない。

だって私はただの元カノ。今はお互いをよく知る友達のようなものだし、翔が誰とどうなったって、私の知ったことではない。

それに相手が心ちゃんなら、元カノとしては光栄だ。

あんなに可愛い子が私と同じ男を選んだということが、つまり私もそれだけ魅力ある女なのだという自信に繋《つな》がるわけだし。

だから私は、二人がもし恋愛関係になるのなら、……応援する。

いや、そもそも心ちゃんは翔を友達としてしか見ていないのに、どうしてそんなことになるんだか。

私はなにを考えてるんだ。いけないいけない。

でも、果たして本当にそうなんだろうか。

翔の気持ちが心ちゃんにあることは全然あり得る。心ちゃんは絶対にそうならないと言い切れるのか。

だって、翔だ。

翔は不愛想で口も目付きもまあまあ悪くて、意地っ張りで縁司《えんじ》くんほど女慣れもしていない。

それでも翔はそれなりにモテている。

高校時代も、私が他のクラスメイトに翔が実は恐い人じゃないとわからせると、翔の周りには自然と人が集まった。

口と目付きがまあまあ悪いせいで、皆距離を取りがちだけど、実はスペックは高かったりする。

縁司くんの一件で、私も翔の新たな魅力を見つけた。

三年以上も付き合っていても、まだ翔は沢山の魅力を持っている。

友達のためにあんなに悩んで、あんなに苦しんで、普段はベッドの上から動こうとしないくせに、縁司くんのために色々と尽力していて、意外と行動力もある。

そんな翔にならなら、心ちゃんが惚れていてもおかしくはないのかもしれない。

私だって、そうだったわけだし。

というかなんで私がこんなことで悩まなくちゃいけないんだろう。

翔が心ちゃんと付き合ったら、応援する。それでいいじゃん。私には、関係ない。

あの時、翔が言った言葉がずっと脳裏にこびり付いている。

――そうはならねぇよ。そんなに簡単じゃねぇのは二年も楓《ふう》さんのこと忘れられなかったお前ならわかってるだろ。俺だって……、そうだった。だから、わかる。

何をバカなことを考えているんだ私は。

あれは縁司くん説得のために言っただけで、翔の本心じゃない。

別れてからも、私のことで悩んでいたなんて、そんなわけない。だって、一年だ。そんなに長い時間、ずっと私のことで悩んで、苦しんでいたなんて、あるわけない。

私は心の奥底で、本当は理解していた。

翔は説得のためとはいえ、あの場でそんな嘘《うそ》は吐《つ》かない。翔は、そんな男じゃない。

でも、翔は私も隠れて聞いているということを知っていた。たとえあの場で言った言葉が本心だとして、私に聞こえるように言うだろうか。そんな間抜けなこと、するだろうか。

でも、ありえないことはない。

翔は随分熱くなっていた。三年以上付き合っていた私ですらあまり見たことがないくらいに、感情が昂《たかぶ》っていた。

そんな状態なら、冷静な判断ができずに、言うはずのなかった本音も言ってしまうことだってあるんじゃないのか。

「はぁ……」

だったら、なんだっていうの。

だって私たちは元恋人で、たしかに私だって別れてからずっと翔のことは忘れられなかった。でも、それは好きだからじゃない。ただ、長く一緒に居た相手が今どこで何をしているのか、気になるのは普通のことだ。

それがバイト先の同僚でも、昔の友達でも、通っていた店の店員でも、三年以上も顔を合わせていれば、普通だ。……普通なんだ。

あれこれ考え事をしていると、いつの間にか電車は三ノ宮駅に着いていて、ドアが閉まるギリギリで電車を降りる。

「……！　光《ひかり》ちゃん……！」

すると正面に、偶然心ちゃんが居て。

心ちゃんは逆方向の電車から降りたところだったらしい。

「心ちゃん、凄《すご》いね、一緒だ！」

「うん、凄いね……！　ふふっ」

嬉《うれ》しそうに笑う心ちゃんは、さっき私が脳内で思い描いていた姿の何倍も輝いてる。あ、やっぱり敵《かな》わないな。……って、だから別に、争ってないから。

「まずは、お昼にしよっか……？」

自分なんかが行先を決めていいのかな、みたいなトーンでそう言った心ちゃんだけど、私はもちろん常時空腹になるという呪いが生まれた時からかかっているから、大賛成だ。

「そうだね、何が食べたいとかある？」

二人で改札の方に向かいながら話す。

エスカレーターで下にいる心ちゃんが、上目遣いで可愛い。本当に同じ生き物なのか疑わしいくらいには可愛いし、神様は人間を不平等に作るのをやめろと腹立たしくも感じる。

「うーん、光ちゃんの好きな物が知りたいから、光ちゃんがいつも行く場所がいいかな……」

うーん、の時に人差し指を唇の下につける仕草も、行きたい場所の理由も、可愛い。こんなん惚《ほ》れてまうやろ。

「じゃあ……」

そうして私たちが向かったのが、森、カフェ、オムライス、でお馴染《なじ》みの。

「ここ、オムライスが最高なんだ～」

「……、そう、なんだね」

心ちゃんはどうしてか表情が暗くなる。

「よく、来るの……？」

「うん、そうだね。高校生の時からずっと通ってるよ」

「……そっか」

やっぱり、どこか元気がないようだ。

でも、さっきまでは元気そうだったし、店のチョイスが悪かったのかな。

心ちゃんは少しずつ元気を取り戻して、店を出る頃には「美味《おい》しかったね」と笑っていた。

一つ気になったのが、食後に心ちゃんがお手洗いに立った時、私たちの席からはわかりづらい位置にあるお手洗いに迷うことなく一直線に歩いて行ったこと。

もしかして、心ちゃんも来たことがあるんだろうか。

だったら、自信満々に穴場を紹介した私に遠慮していて、元気がなかったということかもしれない。チョイスが悪いとは思えないし、それぐらいしか理由がない。

カフェを出た私たちは、センター街を歩き、お互いに似合いそうな服を見たり、ショッピングセンターのオイオイで化粧品を見たり、見るだけじゃなくて買ったりもした。

心ちゃんは意外にもメイク用品やブランドなんかに詳しくて、沢山勉強したんだろうなと伝わってくる。

素材から可愛いだろうに、可愛くなるための努力を怠らないところもあるなんて、完璧な美少女だ。

私も可愛くなる努力は怠らない。三年も付き合っていた相手がいると、いつも飽きられないように努力を重ねていなければいけないのは当然だし。男は目で恋愛するっていうから、ずっと可愛くなろうとした。それが今も癖付いている。でも、心ちゃんとの素材の差が出てしまっている。

私もまあまあ可愛いと思っていたけど、流石《さすが》にこのレベルの美少女見ちゃったら……ねえ？

夕方になり、夕食にするにはまだお腹《なか》が空《す》いていない心ちゃんを気遣って、少し公園でお喋《しゃべ》りすることを提案した。

センター街から少し逸《そ》れて、東《ひがし》遊園地という公園に来た。遊園地とは言っても、ジェットコースターやメリーゴーランドがあるわけではなく、大きな敷地があって、なにかイベント事があるとそこに沢山テントが張られる、そんな場所だ。

夜になると照明が良い雰囲気を作ってくれるから、カップルにも人気の場所になってい
る。私たちはデート中だし、ピッタリ。

「心ちゃんなにか飲む？　私、何か買って来るけど」

「ううん、私はいいよ」

「わかった！」

自動販売機で水を買って、心ちゃんの隣に座る。

心ちゃんは何か考え事でもしているのか、俯《うつむ》きがちな視線が地面の向こう側を見ている
ようだった。

「今日、楽しかったね。心ちゃん本当に可愛《かわい》いから、私ずっと悶《もだ》えちゃったよ〜」

「そっ、そんなことないよ……！　光ちゃんの方が愛想も良いし、憧れるけどな……。私
も楽しかったし、また、遊んでほしい」

照れながら言っているんだろうな、可愛いな、なんて思って視線を向けてみると、案外
平気そうだった。

照れるどころか、どこか安心したような、柔らかい微笑《ほほえ》みを作っている。

「もちろん。なんなら毎日でもその綺麗《きれい》な顔面を拝ませてほしいよ……」

「顔面……、ふふっ」

私の言葉のチョイスにクスっと笑う心ちゃん。ああ、笑ってる。尊いなぁ。

「そういえば、心ちゃん何か悩みでもあるの？　時々どこか思いつめたような顔してるから、気になってて」

「えっ……、そ、そんな顔してた……？」

「うん。この世の終わりだー！　とまではいかないけど、それなりに辛《つら》そうだったから、大丈夫かなって」

「心配させてごめんね……、でも、そんなことないから……」

まただ。

否定しながら、カフェで見せた時の表情になる。

他にも、今日だけで何度か見た。

どれも、どこかで見た表情だけど、どこで見たんだろう。

そう脳内を巡って、数秒で見つける。

あれはたしか、鏡。鏡に映っているのは、少し前の私。

どこか、思いつめている表情。

なにか、思い出している表情。

ああ、そうか。

あの時の私と、今の心ちゃんは、一緒だ。

誰かのことで悩んで、誰かのことを想って、その表情になる。

心ちゃんがその表情になっていたのは、いつだった？

カフェに着いた時と、――何度か翔の話をした時。

カフェでお手洗いの場所を知っていたのは、一度来たことがあったから。だとしたら、相手は……。

そうだよ、心ちゃんは翔に出会うまで友達がいなかった。そして、縁司くんと私が友達になって、縁司くんと行ったとは考えにくい。じゃあ、初めて一緒に行ったのは、翔。

「――ん」

あのカフェは家族連れで入っているお客さんを見たことがない。大体がデートか女子会で使うカフェという印象。だったら、やっぱり心ちゃんは家族と来たんじゃなくて、翔と来たんじゃないのか。

もし、翔が心ちゃんとあのカフェに行っていたとして、「ここ、俺のお気に入りのカフェなんです」なんて言っていたとしたら。

私たちが高校時代から付き合っていたことを、心ちゃんは知っている。

私があのカフェに通い始めたのが高校生の頃だということも言った。

それを知って、心ちゃんが悲しそうにする理由って……。

そんなの、一つしかない。

心ちゃんは、翔と私の過去を想像して、辛そうにしていた。

女の子という生き物は皆等しく、好きな人の、元恋人との過去を想像したくないものだと思う。

「ひ――」

つまり、心ちゃんはやっぱり、翔が好きなんだ。

それは、別におかしいことじゃない。だって、翔は意外と優しいし、不器用だけど誰かのために必死になれるヤツで、兄貴肌っていうか、頼れるところもあるし、見た目だって普通にカッコイイし、心ちゃんに対する態度とか見てると特別扱いしてる感あったし、心ちゃんは少女漫画が好きだって言ってたから、そういうのに弱いだろうし、なんだっけそういうの、姫プ？　お姫様扱い。

「――りちゃ――」

心ちゃんが翔に惚《ほ》れる理由なんて、いくらでもあった。

どうして、私はこんな簡単なことがわからなかったんだろう。

心ちゃんは、翔が好き。

それなら、私がすることはただ一つ。

二人の恋を応援して、必要なら縁司くんの時のように、手を貸してやればいい。

「――光ちゃん……！」

「えっ……？」

「さっきから、全然聞こえてないみたいだったから……」

「あっ、ご、ごめんね⁉」

私は、なんでこんなに夢中になっていたんだろう。

ただ、友達が元カレを好きって知っただけだ。

別に、応援してやればいいだけの話だ。

そうだ、そうしてやればいい。

今心ちゃんの気持ちを確かめて、「私に任せて！」と、そう言うだけだ。

「どうか、したの……？」

「えっ、うっ、ううん！　なんでもない！」

あれ、なんで私、思った通りに言葉を出せないんだろう。

どうして、協力するよって言えないんだろう。

――下手くそなくせに俺のために料理頑張るところとか。

いつか言っていた、翔の言葉を思い出す。

――何食べても美味《おい》しそうにするところとか。

翔は私のそんなところを見ていたのかって、ちょっと嬉《うれ》しくて。

――笑う時両手で口元覆うところとか。

私でも気付かないような小さな仕草も、翔は見ていてくれて。

――階段降りる時最後の二段だけジャンプするところとか。

笑っちゃうくらい変なところまで見られてて、でも、思い返せば私も翔の好きだったところは変なところばっかりだったなって、そう思って。

――「なんでお前がここにいるんだよ!!」「なんでアンタがここにいるのよ!!」

思えば、あの瞬間から、私は――。

コネクトでの、カケルさん、翔とのトークを、思い返して。

相性九八パーセント、会話も盛り上がって、趣味も合う。当然だ、だって私たちは、三年以上も付き合っていた元恋人なんだから。

「心ちゃん、そろそろ夕食行こっか！」

「うっ、うん……！」

二人で飲食店が集まるいくたロードの方に向かって歩いていく。

心ちゃんの横顔を見て、胸が苦しくなった。

どうして、そうなっちゃうんだろう。

せっかく翔の紹介で出会って、こんなに良い子と友達になれたばっかりなのに。

この先どうなっても、誰かが傷つく結果になるのは避けられない。それが私ならいい、そうは思えない。だって、私だって、そんな簡単に気持ちの整理がつく問題じゃない。でも、心ちゃんが悲しむのも見たくない。

神様は残酷だ。どうして私たちを出会わせたのか、どうして、恋愛は二人でするものなのか。

もう、言い訳はしない。気付いてしまったものは仕方がない。

私、今でも翔のことが、——好きなんだ。

あとがき

本書をお読みいただき、ありがとうございます。ナナシまるです。

作家という生き物は、実際に体験したこと、感じたこと、経験から物語を作ることが多いと聞きます。私は特にその傾向が強いと自覚していて、今作もマッチングアプリで元恋人とマッチングしたことがきっかけで始まりました。登場する人物も、二巻まで登場しているメインの五人にはモデルがいます。翔《しょう》、光《ひかり》、心《しん》、縁司《えんじ》、楓《ふう》。実際に存在する人物をモデルにすることで、書いていてもキャラクターが生きているようでした。おかげでキャラクターの魅力を引き出せている自負があり、やはり作家には自身の経験が大事なんだと感じています。


話は変わりますが、私は今作を執筆中の合間、担当編集様からのメールを待っている時間や、そもそも何もすることがない時間を使って、プロになってからは投稿サイトなどにも一切投稿してこなかった異世界ファンタジー作品の執筆作業を進めていました。

あとがきを書いている現在ではまだ始まっていませんが、ＫＡＤＯＫＡＷＡが運営している小説投稿サイト「カクヨム」の一大イベント、カクヨムＷｅｂ小説コンテストに応募するためです。

ですが、前述のように、私は経験が作品に大きく影響するタイプの作家です。

そんな私が行ったことのない異世界の話を書けるのか。実際、難しい。というわけで、少し作家ナナシまるは休業して、とりあえずトラックに撥《は》ねられそうになっている猫か女の子を助けてみて、なんとかして異世界に行ってきます。探さないでください。

冗談はここまでにして、謝辞です。

まずは今作の隠れた作者と言っても過言ではないほどに、私を常に多くのことで支えてくださっている、担当編集のK様。

毎度のことながら、機械に弱く世間知らずな私を支えてくださって心より感謝申し上げます。これからもご迷惑お掛けするかもしれませんが、よろしくお願い致します。

そして、イラスト担当の秋乃《あきの》える様。

作者としては良くないと理解しているのですが、私はどちらかと言えば心派です。ですが二巻執筆中に態度が変わっていって可愛《かわい》くなる光に寝返り、その後二巻表紙の心を拝見しまして、また心派に戻ってきました。そんな力を持つイラストをありがとうございます。私が浮気性なのではなく、素敵なイラストが私の気持ちを揺らしているのです。絶対そうです。

加えて校閲様、角川スニーカー文庫編集部の皆様、各書店の担当者様、営業様、他にも無知な私の認知できていない場所でも関わって下さっている方がいるかと思います。そして、本書をお読みいただいた読者様、中には今作の舞台である神戸《こうべ》にも足を運んでくださった方、未読の方に勧めるために複数冊購入してくださった方もいて、今作は沢山の方に支えられていると感じており、心より嬉《うれ》しく思い、同時に深く感謝しております。

『マッチングアプリで元恋人と再会した。』を、これからも応援よろしくお願い致します。

マッチングアプリで元恋人《もとこいびと》と再会《さいかい》した。2

著　ナナシまる

角川スニーカー文庫　23438
2022年12月1日　初版発行

発行者　山下直久
発　行　株式会社KADOKAWA
〒102-8177 東京都千代田区富士見2-13-3
電話　0570-002-301（ナビダイヤル）

印刷所　株式会社暁印刷
製本所　本間製本株式会社

Printed in Japan　ISBN 978-4-04-112671-4　C0193

★ご意見、ご感想をお送りください★
〒102-8177 東京都千代田区富士見 2-13-3
株式会社KADOKAWA　角川スニーカー文庫編集部気付
「ナナシまる」先生「秋乃 える」先生